徐山林 题

这是一部自强模范、劳动模范的励志故事书

我不输给命运

杨志勇　著

陕西新华出版
陕西旅游出版社

图书在版编目（CIP）数据

我不输给命运 / 杨志勇著 . — 西安 : 陕西旅游出版社 ,2023.5

ISBN 978-7-5418-4372-3

Ⅰ.①我… Ⅱ.①杨… Ⅲ.①报告文学－作品集－中国－当代 Ⅳ.① I25

中国版本图书馆 CIP 数据核字 (2022) 第 251699 号

我不输给命运　　　　　　　　　　　　　　　　　　杨志勇　著

策　　划：张　颖
责任编辑：贺　姗
出版发行：陕西旅游出版社
（西安市曲江新区登高路 1388 号　邮编：710061）
电　　话：029-85252285
经　　销：全国新华书店
印　　刷：三河市中晟雅豪印务有限公司
开　　本：787mm×1092mm　　1/16
印　　张：13
字　　数：170 千字
版　　次：2023 年 5 月　　第 1 版
印　　次：2023 年 5 月　　第 1 次印刷
书　　号：ISBN 978-7-5418-4372-3
定　　价：56.00 元

序一

有机会认识一些有作为的青年人还是令人兴奋的。

我认识杨志勇还是在陕西工人报上,当时他写了一部长篇通讯,反映安康一个名叫张明俊的村干部,奋力带领全村乡亲脱贫致富的故事。通讯写得细腻,也很扎实,很多细节读得我感动不已。我想,像这样的乡村干部是应该树为典型的,便提笔给那篇报道做了批示。

后来我见到了这位写通讯的作者,乌亮的眼眸,浓密的头发,魁梧的身材,居然还捧着厚厚一摞书。原来他不但热爱新闻事业,还怀揣着作家梦,以一两年写一部书稿的频率坚守着自己的初心。我吃惊地翻了翻他出版的书籍,有小说、有散文,更多的是报告文学集。看来志勇还是很勤奋的,我鼓励他只要坚持下去就一定会成功的。多少著名的作家一开始的时候,也习惯于写些生活中的好人好事,随着对人生认识的深入,接触了更多的社会现象,笔触就自然深入了,把其中的一些现象抽出丝来,就可能编织成文学作品,也就可能成为文学陕军的一个优秀分子。

但是志勇好像只顾埋头写作,并不关注文坛上的事。那年,我看到省作协在评选百优青年作家,初选名单里竟然没有志勇的名字。他已出版七八部书了,是完全符合条件的。我便向他打电话询问,志勇居然一脸懵懂,根本不知道这回事。我告诉他进入百优计划后,省作家协会会有组织地进行培养,还有一笔基础费用,至少吃饭不愁,也就没有了后顾之忧，这对于像他这样的作者是最好不过的机会了。后来他放下手中活计就跑去报名，果然碰了钉子，报名时间已经过了，我只好代表工会去做了协调，介绍了他的勤奋和成就，最后才得以如愿。

时间过得很快，以后我只是在一些年节的短信里见到杨志勇。然而，今年初夏的一天，他居然又拿来一摞书稿嘱我作序。我接过沉甸甸的书稿，听他滔滔不绝地讲述那书中人物的故事，完全被他的热情感动了，便应允下来。然而，他走后，我抽暇翻开稿页，发现他写的十篇报告文学，反映的都是自强不息、艰苦卓绝的残疾人典范。有个自强模范李辉民，企业做得很好，但他成功后依然为残疾人事业默默奉献着；有个高位截瘫的残疾人李增勇，自己生存条件已很艰难，但他却有一腔热血，用手机在网上帮助别人；还有个眼盲的魏国光，从十一岁起便鼓起勇气学医，至今已成了远近闻名的大夫，还收获了浪漫而真诚的爱情；等等。杨志勇笔下的残疾人身残志坚，个个都是大写的人。我从他充满深情的笔触间感受到，那些人的奋斗经历深深地感染了他，让他感受到人世的苦痛，也感受到人间的爱，谁读过之后都会产生洗礼般的感受，而把这种精神传扬出去大概正是志勇的心愿吧！

志勇致力于报告文学的写作，这是件很辛苦也很麻烦的事。首先你得与描写的对象建立感情，人家才可能向你坦露心声，你才可能客观地了解他们的生活经历，尤其是主人公生活中的磨难。把那些琐碎的片段梳理清晰了，你才可能从中挖掘出人物的精神来，才能够捕捉住感动自己的细节故事来。有时候，稍不小心还会引起争议，所以好多作家害怕触碰这类题材，但是志勇却十多年坚定地走下来，写了六十多个人物的报告文学了。写好报告文学首先要学习好习近平总书记的文艺思想，牢记国之大者，心系国之大事，深入火热的时代生活，用手中的笔书写出反映时代发展变化的精品力作。

所以我说，志勇的这部报告文学集，不但用他手中的笔描写了一批残疾人奋斗的事迹，也向人们袒露着他的胸怀和热情，相信志勇经过勤奋和创造，一定会再为我们奉献出一部又一部优秀的文学作品，为文学陕军增光添彩！

是为序。

阿莹　2022 年 6 月 25 日于新城

阿莹，陕西耀州人，中国作家协会会员，第五届陕西省作家协会副主席。从 1979 年开始发表文学作品，1989 年出版短篇小说集《惶惑》。出版有散文集《大秦之道》《饺子啊饺子》《旅途慌忙》《重访绿地》，艺术评论集《长安笔墨》，秦腔剧《李白长安行》，歌剧《大明宫赋》，实景剧《出师表》等。其中，多篇散文收入中国作协的年度散文精选，《俄罗斯日记》获冰心散文奖，歌剧《米脂婆姨绥德汉》获第九届国家文华大奖特别奖、优秀编剧奖和第二十届曹禺戏剧文学奖，话剧《秦岭深处》获第三十一届田汉戏剧奖一等奖。长篇小说《长安》被称为中国社会主义重工业的"创业史"，入选中宣部 2021 年主题出版重点出版物、2021 年度中国好书榜。

序二

奋斗的人生最美丽

人人都可以成为一名奋斗者。

写下这句话，缘于有感而发。刚刚上小学一年级的儿子告诉我，他要努力，如果不努力就会被某同学超过，就不再是班上的第一名。得益于平时各方面的无形影响，他已晓得了自己的奋斗目标，且懂得了进取途径，那就是当了班上的第一名，再努力就有可能成为全校的第一名，再努力就有可能成为全区第一名、全市第一名……诚然，人生不仅仅是为了争取第一，或者不一定非要争取第一，此话另当别论。

我高兴的是，小小的儿子已经成为一名奋斗者。

更让人高兴的还在后面。我生日这天吃早点时，他因没有任何准备而见姐姐送我礼物时，望着我显得有些尴尬。在开车送他去学校的路上，他先自言自语："怎么办呢，我这里只有纸。"然后征询我："爸爸，你想要一个什么礼物，我给你做！"

"要个纸飞机，把我的梦想放飞得又高又远。"

"那好吧。"

赶在下车时，他就做好了纸飞机，并在上面写好了一句话："爸爸加油！爸爸生日快乐！"走进校园时，他叮咛我一定别忘了把这个礼物带回家。

这真是千里送鹅毛——礼轻情意重。我特别喜欢儿子说给我的"加油"两个字，这好像是他第一次说给我，也好像是我第一次听到别人对我说"加油"，于是，心里不禁涌出了满满的感动。

加油，就是进一步努力、拼搏、进取的意思。我能不"加油"吗？作为人父，从家庭教育、环境熏陶等角度来看，我更应该当好儿子成长路上的榜样。

这么想，我心里又平添了一重压力。

当日中午聚会，有缘遇到李永强先生，再一次让我强烈地受到奋斗精神的鼓舞。他是《小白杨》这首歌曲中人物的原型，曾经担任过阿里军分区、汉中军分区、咸阳军分区司令员。退休后，他依然在奋斗，积极参加爱心公益活动，同时坚持旅行和写作，平均每年著书一部。如今已80岁的他，坚持每天步行3万步，说要努力活到120岁以上。目前他精神矍铄，依然像一位战斗在社会生活中的老士兵。

在交流中，他向大家分享了他对生命的感悟：健康·精神·人生。即保持健康的身体是奋斗的基础条件和拥有一切的根本；始终积极乐观向上，坚持不懈奋斗，保持正能量的精神状态，身体自然就会健康；努力为社会多做贡献，人生就会充满快乐和成就感。

如此，在这一天里，一小一老分别给我上了一堂生动的人生励志课：活着就要奋斗，活到老也要奋斗到老，而且在人生成长的道路上，还要不停地为自己"加油"。

人为什么要不停地奋斗呢？

在我看来，首先是维护生命的需要。生命在于运动，即使生活富足，每天也需要有事可做，让身体得到一定锻炼。其次，要有精神追求，否则，就会成为人们口中的酒囊饭袋。

因而，人一日都不能闲下来。这不仅是"八十岁老汉砍黄蒿，一日不死要柴烧"的生存本身的需要，更是人活着的意义所在。换句话说，活着便要不停地奋斗，不断地探索，不断地获取人生的价值和意义。

那么，奋斗究竟又是为了什么？

答案有很多：为了改变个人、家庭和生活条件，实现更加美好的生活图景；为了实现个人的创业梦想，把人生变成自己想要的模样；

为了人民幸福、国家富强、民族复兴；为了天下和谐，让世界变得更加美好……

每个人的愿望、理想不一样，奋斗目标也不一样。但是，都应该奋斗，三百六十行，行行都可实现自身价值。

有人不免要问，为了当官而奋斗可以吗？

毫无疑问，只要当官的初心和宗旨是全心全意服务人民群众、造福社会和人类，不仅可以，还应该给予极大的鼓励和支持。

又有人问，为了发财而奋斗可以吗？

亦是未尝不可，只要取之有道，不损害国家、集体和他人的利益。如果能与社会和他人互惠共赢，利他又利己，那就更好了。

还有，为了名利而奋斗也未尝不可。只要这名利名副其实，纯洁干净，理应为社会和他人所拥护和赞成。

此外，为了生存不懈奋斗，也一样令人尊敬，一样值得肯定、鼓励和称赞。

总之，这一切的不懈奋斗就是为了让心灵丰盈且充满愉悦，赋予生命和生活以意义与乐趣，然后不断创造意义和乐趣。如俗话所说："要给日子不停找快活。"

然而，没有榜样、没有目标的奋斗，是散乱而无意义的，可以说榜样是前行路上的指明灯。

那么谁又堪称大家奋斗的榜样呢？

古今中外，涌现出的各类榜样人物，可谓数不胜数：孔子55岁后周游列国13年，坚持为宣传和实现个人的理想而奔走奋斗；姜子牙胸怀家国、矢志不渝，72岁时得到周文王姬昌的赏识重用，随后尽其才智，辅周灭商，助周武王一统天下；英国的罗素依靠"永远朝着还可以有所作为的方面"的奋斗意志，终于在79岁时荣获诺贝尔文学奖；史蒂芬·威廉·霍金，被卢伽雷氏症禁锢在轮椅上半个世纪之久，但并没有妨碍他成为一名杰出的科学家……

在医疗、教育、科研、技术、文艺等各个行业的岗位上，先后涌现出无数坚持奋斗的时代英雄和楷模。比如新中国胸外科事业的开拓者和奠基人辛育龄、全国脱贫攻坚楷模张桂梅、我国自动化科学技术开拓者陆元九、我国焊接领域"领军人"艾爱国等众多"七一勋章"获得者，他们不仅是国家栋梁、社会楷模、行业翘楚，更是新征程上的奋斗榜样和引领者。

同时，在各个领域，也常见进入耄耋之年的老同志们奋斗的身影，他们为我们树立了一面又一面奋斗的旗帜。比如，大家耳熟能详的褚时健，74岁走出监狱后，带着老伴儿走进大山，承包了2400亩的荒地种橙子，84岁时成为亿万富豪，创造了从烟草大王到褚橙之父的人生传奇。

还有年轻者奋斗的例子，那就是在2021年东京奥运会上获得跳水冠军的全红婵，当时只有14岁的她依靠顽强的毅力刻苦训练，获得了惊动世界的优异成绩。

这些故事告诉我们：只要坚持奋斗，终将有所作为；只要愿意奋斗，任何时候出发都不晚。

在此，我要特别讲述这部书中所采写的各个人物的故事，他们有的是全国劳动模范或自强模范，有的是陕西省劳动模范或自强模范，其中有多位同志因为突出的奋斗事迹和社会贡献，先后受到了习近平等党和国家领导人的亲切会见。

比如：初中辍学的严育斌，依靠刻苦自学，发明了多项药物专利，发表了多篇论文，出版了多部医学专著；视力障碍者魏国光，在命运的暗夜中奋起，依靠顽强的奋斗，蹚出了一条光明灿烂的人生之路，如今已成为陕西有名的医疗按摩师；获得残奥会多项奖项的运动员、歌手吴亚明；依靠双脚答题考上大学的姚伟；克难奋进的企业家李辉民……他们每个人都是一个标杆、一面旗帜。

他们中有的人，也许并不为人所知，也可能并不伟大，有的甚至在现实里还显得有些卑微或渺小，但他们的精神境界令人敬佩，值得人们学习。

特别值得一提的是，阎良区残疾青年李增勇卧床18年，全身只有头部和双臂双手能够活动，但他没有选择放弃自己，而是积极面对生活，坚持努力奋斗，尽力发挥个人社会价值。他说："坦然面对人生的不幸，身体残疾了，但意志不能残疾；身体瘫痪了，但生活的热情不能瘫痪。即使做一颗流星，也要发出璀璨的光芒！"

阅读他们每个人的奋斗故事，不难发现，人人都是一本厚重的大书，值得品读。

他们的故事证明，每个人都有奋斗的权利，且这个权利谁也剥夺不了、偷抢不去。

这些奋斗者的事例也证明，只要奋斗，每一次出发，每一次拼搏，都值得赞许、鼓励和铭记。每一次出发，每一次拼搏，书写的都是人生的乐章和荣光。只要奋斗，每一种拼搏姿态，每一种拼搏过程，都将成为生命的精彩记忆。

奋斗的人生最美丽。所以，生命不息，奋斗应当不止。只要自己不愿倒下，就没有什么力量可以打倒我们的奋斗志向、奋斗精神。

人唯有奋斗，才会不辜负自己，不辜负这美好的世界和时光。

杨志勇

目　录

001 // 让梦想照耀人生
023 // 从暗夜中奋起
043 // 追问生命的意义
057 // 一位世界女冠军的追求
071 // 没有翅膀也要飞翔
097 // 像花儿一样怒放
119 // 在挫折中前行
131 // 唱响奋斗之歌
147 // 杰出是如何成就的
167 // 带着爹娘的愿望出发
189 // 生命是用来奋斗的（后记）

让梦想照耀人生

这是一个让我相见恨晚的人。

此前,与李辉民同在西安生活了很多年,但对他的了解并不多,尽管他在近十五六年里因为企业经营发展和残疾人公益事业声名远播,影响越来越大。说实话,这也并不奇怪,因为在三秦大地尤其是古城西安,可谓藏龙卧虎、精英荟萃。

当然,不知其人主要与我的孤陋寡闻有关,也与我对残疾人事业的关心不够有关。

在他以"全国自强模范"的身份为大家所知时,我有了强烈走近他的愿望。然而由于种种原因,一晃就是七八年,2021年7月才终于和他相见。

至此,我得知他除了获得省市多项荣誉称号之外,还获得了多项全国性荣誉表彰。特别是2014年他获得"全国自强模范"荣誉称号,在人民大会堂接受表彰时，受到了习近平等党和国家领导人的亲切接见……中央广播电视台《焦点访谈》、香港《大公报》等众多媒体对他的事迹先后进行了采访报道。

这些荣誉或许有些人不以为然。但是，当你知道他曾经是一位重度残疾人时，心里便再也无法平静，由不得竖起大拇指，对他衷心表示称赞和敬佩了。

"一个人可以一无所有，但不能没有梦想。"他的故事从这一句话开始，而后随着讲述的不断深入，一个克难奋进、勇于追梦者的形象呈现在我的面前。

一

如今的李辉民，不仅拥有价值过亿元的西安光辉实业有限责任公司，还兼任西安市肢残人协会副主席、西安市残疾人企业家协会会长等社会职务。他对残疾人公益事业发展所做的贡献得到社会各界广泛好评，并被新闻媒体纷纷关注。

有人羡慕并调侃他："我要是你李辉民这么有钱又有名，我就啥也不干了，天天吃喝玩乐享受生活……"

也有朋友当面与他开玩笑："李总，你现在家大业大，在全国都是有影响的人物，创业这么多年来，房子换了，车子也换了……啥都换成了新的，啥时候把老婆也换了？"

"啥都能换，但老婆坚决不能换！换啥也不能换老婆！"李辉民如此幽默回答。他说："做人最不能忘本呀，老婆跟我同甘共苦，吃了很多苦，受了很多罪，当下一切都好了，加倍爱护她还来不及呢，又怎能忍心抛弃！"

纵观李辉民走过的人生路，熟悉的人都知道，他的老婆不仅是支持他"站立起来"的人，还是陪他一起"打江山""守江山"的人。除母亲和姐妹之外，老婆还是第一个给他强大信心、给他无穷力量的女人，也是始终鼓舞他、力挺他战胜前行路上各种困难的伙伴。

他的故事还得从头说起。

1958年河南遭遇严重的洪水灾情。这年冬季，李辉民的父亲挑着担子，与母亲一起，领着他的大姐、拉着他的哥哥，逃荒来到西安，从此一家人便在新城区安家落户。

十年后的1968年，李辉民出生。在那个时代，他有七个兄弟姊妹，生活不缺乏热闹，但缺乏物质。全家人依靠父亲拉架子车、打零工勉强维持生活。虽然那时候贫穷，但大家都积极努力且快乐。

他在两三岁的时候，得了一次重感冒，在感冒症状消失了之后，右腿却怎么都不能站立起来。后来才知道这种疾病叫"小儿麻痹症"，当时因为无钱继续治疗，加之医疗水平比较低，他落下了终身残疾。幸运的是，随着年龄增长，他尝试用右手按着右腿根能够慢慢行走。

为了掩饰尴尬和维护自尊，他常常把右手放在右边的裤子口袋里，这样别人就看不出来他是用右手在帮右腿移动。

生活中尽管很少有人笑话他的走路姿势，但是这种姿势依旧让他感到自卑。他把自卑深藏在心中，一直渴望有机会改变自己。这种渴望或许就是希望得到更广泛的认可和尊重吧。从上小学一年级那一天开始，他在同龄孩子中的优势就明显表露出来，那就是聪明好学。

因为学习好，他在同学中格外受尊重。

最关键的是，虽然身体有残疾，但他因此却养成了始终不服输的性格。争强好胜的他，学习成绩一直名列前茅，这也在一定程度上弥补了身体带来的缺憾，并极大地增强了他的自信和勇气。

由于学习成绩优异，他从小学四年级直接跳级升到了六年级。高中时期，数学老师在黑板上出题，刚放下粉笔，他就把答案写出来。他可以说是同学们心中的传奇人物。

所以，在学生时代，老师喜爱他，同学们羡慕他。

李辉民的聪明和优秀不仅体现在学习上，还体现在社会实践能力上。上初中时，他曾经在课余时间摆地摊赚钱，为自己购买了一辆杜鹃牌自行车,这让同学们不知道有多么羡慕!上高中时,他利用周末和寒暑假到各大商场推销"解放鞋"、鞋油等商品。和其他销售人员不一样,他很会吆喝,还大胆做出了一种促销尝试——为顾客免费刷鞋、擦鞋油,顾客感觉满意后再决定是否购买。没有想到,这一招很管用。当时那种带有香味的鞋油一支五毛钱,他一天最少能销售五六百元,最多时可销售一千多元。他的智慧和干劲儿让一起参加销售体验的同学对他刮目相看。

可是,李辉民却无缘进入大学校门。

面对现实,他没有怨天尤人,也没有自暴自弃,而是下决心要走出一条别样的路来,不仅要自食其力,还要干出一点名堂。

1989年高中毕业后走出校门的第三天,他就在西安尚德路的南头,租用门面房开了一家川菜馆。

这个餐馆,包括雇佣的一个厨师、一个配菜员和一个服务员,加上他,共计四个人。他虽然是老板,却是最苦的一个,每天晚上住在店里,早上蹬着人力三轮车去买菜,等到厨师和服务员到店里上班,他把一天所需食材就已经全部采购回来了,然后开始帮忙择菜、洗菜,打帮手。一天又一天,日子就这样在忙碌中很快过去了。

那时候最令他高兴的是每天要到东大街炭市街一家干货店采购木耳、香菇、粉条等干菜,因为在这里他可以见到心仪的姑娘,可以心情愉快地和她聊些闲话。

他与这位心仪的姑娘由认识到了解,慢慢变得熟悉了,一来二去,看到他很勤快和实诚,这姑娘便也在心里慢慢地对他有了不一般的好感。深入交往后得知,原来他们两人在河南的老家只是隔了一条河。再后来,这姑娘下班了之后,便径直赶到他的店里去帮忙,既当服务员,又当勤杂工,不要工钱,又很用心,还很卖力,着实让他心里充满了感动。

这种"三凑六合",让他的生意不成也得成。因而,餐馆的门面虽然小，但生意出奇得好，可以用门庭若市来形容。

当年年底算账，他经营的小餐馆获得纯利润12000多元，这在当时相当于六七个干部职工一年的工资总和。

此时，恰逢西京医院专家开展治疗小儿麻痹症导致的双腿不能站立行走的活动。他毫不犹豫地拿出了6000元医药费，在亲人的一片反对声中，冒着有可能瘫痪的风险，勇敢地在手术单上签下了自己的名字。

令他特别感动的是，这个卖干菜的姑娘，不仅无私帮助他继续经营他的小餐馆，还非常支持他做手术。

这一次手术的成功让他喜出望外："满意，简直是太满意了！"从此，他的右腿基本恢复了正常的行走能力，不再需要用右手帮着右腿根走路，这一改变使他对自己的未来充满信心。

然后，他用剩下的6000元在附近购买了一套房子。

就这样，他第一次创业成功，还收获了爱情和一个完美的家庭。孩子的妈妈，当年那个卖干菜的姑娘，他始终心疼的老婆，如今与他已经生活并奋斗了三十多年。

二

1992年，随着邓小平南行，市场经济迎来了第一个春天。

对于努力追梦的人来说，每一个机会好像都在前方等待着他。

李辉民迅速发现了新的商机，并再次果断地做出了选择，转让川菜馆，开办五金日用杂货批发零售店，主要经营吹风机等理发工具以及不锈钢勺子、杯子、铲子、锅、碗等日用品。

为了减少中间环节和确保商品质量，无论春夏秋冬，他经常只身南下广东广州、江苏南通等地考察进货。为了找到好商品，也为了交通方便灵活，每次到了南方，他首先要租一辆自行车，然后骑车到处考察。那时候，他一天骑行的路程有100多公里。炎热的夏天，由于长时间骑车，汗流浃背是再平常不过的小事，最令他尴尬和难受的是臀部皮肤溃烂后和裤子粘在了一起……听来感觉不可思议，但在当时确实是这样子的。而一切都是因为那时候的通信不发达，没有传呼、手机，没有微信、QQ等现代实时交际工具，也没有如今快捷方便的生意洽谈合作模式和物流服务。

事实再一次证明，他的选择是正确的。由于他的五金日用杂货店品种多、质量好、价格合理，加上经营有方，很快在行业中赢得了良好口碑，因而他的批发零售店生意日益红火。

熟悉李辉民的人，都把他称为"大师傅"。同样是销售不锈钢饭碗，他的销量比别人要多很多倍，所以他每次进货量大，基本都是用大卡车装运。他举例说，比如当时的秘密之一是主动与生产药丸的药厂和经销商合作，用不锈钢碗作为药丸的包装用品，让采购者感到在买了药品的同时还得到了一个漂亮耐用的饭碗，因而受到各层级经销商和消费者的喜爱。

他讲究经营方法策略，从不坑蒙拐骗，不违法乱纪，始终坚持诚信经营。也因此，他在社会上的朋友越来越多。

当同类批发零售店越来越多、经营方式趋向同一化、商品利润越来越微薄的时候，李辉民决然关门停业，另辟蹊径。

这时有朋友介绍，解放路一家医院临街的门面房需要开一家商店，问他是否有意愿。他顺利承租，开店经营。

说来也奇怪，财富好像在撵着他转圈似的。一个小商店，他雇用了两个人帮忙，竟然一天从早到晚都忙不过来。生意最火爆的季节，一天的净利润有1万多元，一天光数钱都数得人手发酸。这在当时一点都不夸张，买卖之间，钱是一元一角地收回来，收整找零又是一元一角地支付出去。

不知情的人还以为他做了什么大生意，其实就是零售冰镇饮料、矿泉水、方便面、火腿肠等商品。

或许有人认为，此时的李辉民简直是钻到钱眼里、掉到钱窟窿里去了。但对他来说，一心挣钱并没有什么不好，而且依靠的是自己的智慧、劳动，这些钱散发着浓浓的汗水味道。曾经的贫穷，让他和兄弟姐妹们十分害怕，更让父母不知受过了多少无法言说的困苦。

他知道只有挣钱才能改变贫穷的生活现状，也只有挣钱才能让父母过上好日子。

迎着市场经济的大浪潮，1995年夏季，积累了一定资金的李辉民，果断停止了小商店的经营，开始对未来进行重新思考和规划。

经过对市场经济发展前景的认真调查分析，他选择进入汽车维修行业。"未来的私家车会越来越多，像家家必备的日用品一样。"他当时的这个预判在今天看来是多么的睿智和英明。

当年9月，在西安经九路，他租用了一亩多地，搭建了7个简易大棚，聘请了1个修车师傅、1个勤杂工，他的"光辉汽车维修店"就这样正式对外开张了。

虽然他的脑子很聪明，也有经营意识，但是对汽车维修却一窍不通。为了做好这门生意，好学的他一边给师傅打下手，一边向师傅学技术，坚持干中学，学中干。两三年后，他由一个门外汉变成了汽车维修的行家里手。如今，根据汽车发动机的声音，他基本就可以判断汽车的故障在哪里。

经过七八年的艰苦创业和技术、经验、资源的积累，他觉得这项事业应该再上一个新台阶。因此，2002年他将维修店搬迁到雁翔路，从此告别了个体户小打小闹的作坊经营模式，创建了汽车维修企业——陕西光辉进口汽车服务有限公司。

这一次，他的创业迈入了一个新的阶段。

经过很短的时间，他的汽修厂营业面积达6000平方米，有20余辆车可进行汽车租赁业务，还设有电脑洗车装潢部，固定客户涉及省、市多家政府部门和多家企事业单位，还被八家保险公司确定为保险理赔维修定点厂家。当年，公司主营业务产值就有一千万多元，其他各项业务实现快步发展。

三

从一个小小的修车铺开始，到创办陕西省内一级一类汽车维修企业，如果问他有没有特别的经营窍门？

回答是肯定的："有！"

那就是依靠一个个顾客的口碑：诚信经营，优质服务。这也是他经营企业的不二法宝。

李辉民坦言："除了诚信，我再也没有什么好方法。"

从2003年起，他公司的汽车维修业务量剧增，汽车配件销售量也随之剧增。许多供货商看准他的企业快步发展将带来的良好商机和巨大的合作空间，纷纷备着厚礼找上门来推销配件。有一个来自广东的汽车配件销售公司总经理，多次找上门来，推销一批价值200多

公司代表迎接载誉归来的李辉民

万元的"水货"汽车配件，其整体单价是当时所有原厂配件价格的一半，并向李辉民承诺使用后再付钱。

面对100多万元的不当利益，李辉民没有动心，并且坚决拒绝了。

他给出的理由是："再便宜、再优惠的配件，我们也不能用。车辆行驶安全第一，如果因为便宜带来安全隐患，不仅无法向客户交代，而且无法向自己的良心交代呀！"

2005年的一天，省政府某部门一位和李辉民私交甚好的司机，因公车私用发生事故，将车送到他的厂里修理。因为修车的费用要个

人买单，这个司机对李辉民说，使用副厂的配件就行，还能少花一半的修车费用，反正因为这次事故在单位也干不成了，凑合着把车修好就算了。

"这不行！作为好朋友，我可以将工时费免掉，但配件必须使用原厂的产品。汽修不是小事，必须为所有客户的安全负责。"最终，李辉民坚持使用原厂配件修好了事故车。

事后该单位领导知道了这个情况，专门叮嘱后勤负责人："今后所有的车辆一定要在光辉汽修厂保养和修理，我们这样做，既是为单位的财产负责，也是对讲诚信企业的支持。"

又如，他承诺为客户免费洗车这种事，如果遇到春节放假不能兑现，一般人都不会计较，但李辉民从不食言。每年春节前，为了让员工早点回家和家人团聚，他都尽量提前放假。可是在春节前，有许多客户来到厂里排队洗车，希望节日期间车辆也能干干净净。为此，他和妻子亲自上阵，从不省略环节，精心地为每一辆车做好内外清洁。

春节前后天寒地冻，地面如果洒了水，不仅容易上冻结冰，还容易让人摔跤。因而，在湿滑的洗车台上，他们两口子不知摔过多少跤。他和妻子的双手也因此长冻疮，李辉民却幽默地说这是"职业病"。

"任何时候，不管什么汽修业务，我就坚持一个标准——不让客户花冤枉钱，不让客户感到吃亏，不让咱的良心有了缺口。"李辉民说。

良好的口碑赢得了广大客户的信赖和支持，他的企业再一次得到发展。2005年，他创建的企业——西安光辉实业有限责任公司，以全新的面貌呈现在大众面前。

此后，他的企业不断取得突破性的发展。

机遇与困难并存，挑战与希望同在。李辉民抓住了机遇，克服了困难，赢得了希望。

这一年，西安有一家国有小企业濒临倒闭，员工工作无着落，也没有收入，仅仅剩下了一个空壳和320万外债。在有关方面的协调下，李辉民决定来收拾这个"烂摊子"，出资安置企业的所有员工、偿还所有债务，并按照市场价格，购买其土地筹建新的汽车维修厂房。

当时，李辉民需要一次性筹措资金800多万元，才能彻底地解决问题。但是，他的流动资金严重不足，一时拿不出这么多的资金，巨大的压力让他彻夜难眠。

以他的性格，无论如何困难，承诺不能不兑现，个人和企业多年积累的信誉不能因此丢失。

不得已，他背着妻子，抵押了房子、车子向银行贷款，放下姿态向亲朋好友一个个打电话，说好话求借款……经过不懈的努力，如期解决了一个个难题，新建了8000多平方米的现代化汽车修理厂。

连续三年，公司以雄厚的技术力量、先进的维修设备、优良的行业口碑，在陕西省以及西安市单位汽车定点维修（综合类）招标中名列第一，一举中标，先后被西安市和陕西省工商行政管理局评为"守合同重信用"企业。

其时，李辉民这个名字在西安汽车修理行业已经响当当的了。

"爸爸什么苦都能吃，想干的事一定能干成。妈妈因为要帮爸爸顾不上我，我从小学一年级到五年级一直被寄养在爸爸的朋友家。从我记事起，他一年四季没有节假日，始终都在工作，有时候客户的车在半路上坏了，不管多远，他都会亲自去救援，为的是客户那一份信任。所以，企业能不断稳定发展壮大也在预料之中。"李辉民的女儿李思雯说。

四

企业不断壮大且经营稳定，意味着经营产值和利润也相对稳定。从某种意义上说，只要他维持经营现状，他的财源也就如同一股清流昼夜不息奔流而来。然而，随着财富的增加，李辉民却并未感到真正的快乐，总是感觉心中缺少了什么，也对人生充满了莫名的迷茫。

一次偶然彻底改变了李辉民的人生追求方向。

2008年8月29日上午10时，北京残奥会火炬传递"中华文明线"第一站在西安举行，地点在西安最具特色的城墙上。

火炬传递仪式在南门瓮城结束时，第70号火炬手、残疾人企业家代表李辉民自信地走上舞台，庄重地用手中的火炬引燃了圣火盆，瞬间火苗舞动，光焰灼灼，伴随着观众的欢呼声，整个瓮城似乎沸腾了。

李辉民是最后一棒火炬手，当他要离开时，活动现场的中央广播电视台主持人请他留步，采访他："您在点燃圣火时有什么感受？或者有什么想说的话？"

毋庸置疑，他的心情是十分激动的。当时，经过严格的组织程序和层层筛选，他从众多的应征选手中脱颖而出，最终被确定为点燃西安圣火盆的残奥会火炬手，这本身对他就是一种肯定和鞭策。传递火炬的头一天晚上，他还因过度兴奋失眠了。

"非常感谢社会各界对残疾人事业的关注，非常感谢大家对残奥会的支持。我相信，陕西的明天会更美好，西安的明天会更美好！"说完这些话，再看到台下由80位残疾人组成的轮椅方阵，他突然感觉到自己的肩上有了一种新的责任，也似乎就在那个瞬间他找到了人生新的价值和追求方向。

然后，他深情而又激动地在聚光灯下向社会承诺："今后我会尽自己最大的努力，帮助更多的残障朋友！"

李辉民的话语又一次赢得了全场热烈的掌声，也鼓舞了现场的残疾人朋友。当然，现场残疾人朋友的掌声和目光也鼓舞了他。

这一次奥运火炬手的经历，让他重新思考自己的人生：作为一名实业家，不能只顾着挣钱，还要铭记自己是一名在党和政府关心帮助下富裕起来的残疾人，在追求幸福生活的道路上，还有许许多多的残疾人朋友需要他的大力帮助……

此前，李辉民在企业用工中特别注重安置残疾人就业，但他并没有把帮扶残疾人当作一项公益事业来做。

此后，他似乎找到了人生更高层次的快乐与意义，开始全力进入残疾人公益事业，并"蹚"出了一条爱的河流。

自此，关于他的故事越来越多，也越来越精彩。

五

一名靠双拐行走的残疾员工乔章宝，在遇到李辉民之前，他怎么也想不到，这个与他素未谋面的老板，彻底改变了他的人生。

2009年5月，西安市残联举办了一场残疾人就业洽谈会，乔章宝被李辉民招聘在汽车修理厂工作，李辉民为他安排了适合的工作，同时免费为他提供食宿，让他的生活有了保障。

在厂里工作了不到四个月的乔章宝，同事们并不知道他患有双侧股骨头坏死的疾病，而且已经发展到了晚期，如果不及时进行手术治疗，将会终生瘫痪在床。但是依靠几个月的工资来治病显然不行，依靠他在农村的家庭也不可能，那个贫穷的家庭为他治病已借遍亲友和左邻右舍，并且欠下了对他们来说的"巨债"。父亲迫于经济压力精神已经失常……在乔章宝的心里，他的人生只剩下了绝望。

李辉民得知情况后，柔软的内心被深深地刺痛了……

随后，李辉民首先以个人名义为他捐款10000元，然后动员妻子捐款5000元，又发动自己的员工和经商的朋友们一起参与救助乔章宝的捐款活动。

在李辉民的努力下，共筹集善款近6万元。随后，他又积极联系了西安市红会医院，亲自把乔章宝送到了医院进行治疗。

乔章宝的手术很成功，治疗效果良好，此后身体不仅恢复了健康，而且扔掉了双拐，重新站立了起来……

对于李辉民来说，这只是帮助残疾人。

2010年公司招聘了一名因意外事故失去右手的员工件红艳。李辉民根据实际情况，安排她在修理厂前台做结算工作，并给了她相对较好的工资待遇。可是，这并不能解决她的家庭困难。

原来，仵红艳一家三口都是残疾人，她的爱人因小儿麻痹后遗症需依靠双拐行走，她的儿子脚上也有疾病。她知道只要有一定的经济能力，她丈夫和儿子的脚病都可以得到有效治疗……

李辉民在得知情况后，同样没有袖手旁观。

在了解了仵红艳的家庭具体情况后，他像亲人一样格外照顾仵红艳，不但给予她经济上的帮助，还让仵红艳带着儿子去厦门医院治疗，同时还积极联系西安电视台跟踪报道仵红艳的事情，呼吁更多人帮助仵红艳。厦门医院发扬仁爱精神，为她爱人的双腿提供了免费医治服务。在大家共同努力下，她们一家人实现了身体健康愿望，他们的美好愿望变成了真实的幸福生活。

在李辉民印刷厂上班的聋人朋友

然而，如何帮助更多的残疾人呢？ 李辉民制订了一个秘密计划，他根据具体情况，每月从企业经营利润中拿出 10%—15% 的资金，这些资金不是为了改善和提高自己的生活品质，而是用以帮助那些仍在困境中的残疾人朋友。

这个计划，至今他已坚持落实了很多年。

在李辉民的公司还有一种特别的现象：残疾人员工相比身体健全的员工吃得开。同等工种，残疾人拿的工资稍微高一些；同等资历，可以优先解决残疾人食宿；同等能力条件，优先聘用残疾人……同在一起工作，如果犯了相同错误，那么首先解聘的是健全人。

李辉民坦言："如果解聘了残疾人，不给他改正的机会，他们走出企业的大门后就业会比较困难，而健全人在社会上的就业机会相对会更多一些。"

在用工中，李辉民还主张，凡是残疾人能干的岗位和工种全部留给残疾人来干，尽量不用健全人。

因而，在他的公司里形成了一种偏见："残疾人比健全人更有优越感、更幸福！"这种"偏见"，实际是李辉民对残疾人的偏爱，也得到了大家的理解和支持，被认为是社会文明的体现。

六

话题再扯回来，李辉民的任何成功都离不开妻子的大力支持和默默付出。因此，他的任何荣誉和光耀里都有属于妻子的那一半。

几十年来，李辉民的妻子陪着他一起创业、经营企业，起早贪黑，风雨与共，不辞辛劳，可以说企业发展的一丁点进步和获得的每一分利润，都包含着妻子的辛勤汗水。因而，如何花好每一分钱，李辉民十分认真。体恤他创业艰难的妻子，在生活用度上一直很节省，从不大手大脚，始终保持着朴素的生活习惯。

对于李辉民的菩萨心肠、爱心行动和大爱情怀，妻子在最开始是十分费解和难以接受的，甚至还有抵触情绪。

光阴荏苒，经常看到那些受助的残疾人对李辉民和公司十分感激，听到社会各界人士对他们的褒扬和由衷称赞，妻子和女儿不仅逐渐理解了李辉民，还为李辉民的崇高情怀而感到骄傲和自豪——这个男人不仅有家庭责任担当，还有社会责任担当。

人们常说的优秀男人，不就是李辉民这个样子吗？

在爱和奉献中获得快乐和成就感，这是很多人不曾体会和感受到的。所以，李辉民也一直在争取妻女的支持，并在润物细无声中引导着她们一起参与残疾人公益事业。妻女被他的行为、快乐和社会影响逐渐感化了，由过去的不理解到如今的积极支持和广泛参与，并且成了公益事业的爱心志愿者，乐在其中。

不仅如此，在父亲李辉民的支持下，大学毕业的女儿李思雯成立了西安光辉志愿者服务队，先后为社区及残疾人福利单位、残疾人阳光家园等残疾人机构提供义务服务758人次，累计服务1523小时，

李辉民在指导员工维修汽车

服务队动员社会爱心单位和个人为贫困残疾人捐款捐物累计达15万元。

2013年，为支持西安市创建全国文明城市，李辉民投资300多万元，在西安市内建成13个"学雷锋志愿服务亭"，为广大市民无偿提供服务，解决了20多位残疾人就业问题。这一项志愿服务工作，主要由他的女儿李思雯来组织实施。

这项志愿公益服务坚持天天都是"3月5日"，目前已开展了9年时间。

9年来风风雨雨，没有节假日，李思雯和大家一直坚持早8点上班，晚6点下班。

9年来，志愿服务亭为广大市民提供需求服务853516人次，免费给大家提供热水39495杯，手机充电16584次，自行车打气6021次……

七

随着个人眼界的提高，李辉民的视野开始放眼于全国乃至世界。

为了安置更多的残疾人就业，也为了给全国各地的残疾人在西安建立一个温馨的驿站，2015年，李辉民投资创办了西安佳馨商务酒店、西安川味小厨饮食有限公司和西安手拉手旅行社有限公司，还特别在佳馨商务酒店建设了专门的残疾人专用大型无障碍电梯和无障碍房间，方便残疾人住宿和出入酒店。同时购买了两辆适合残疾人出游乘坐的无障碍大巴车，面向残疾人群体开展旅行服务。

当年，第二届海峡两岸无障碍环境论坛在西安召开。参加论坛的嘉宾可在西安佳馨商务酒店享受无障碍住宿服务，可乘坐西安光辉手拉手旅行社提供的无障碍大巴车，到兵马俑、华清池、黄河壶口瀑布等地参观考察，享受全程无障碍优质贴心服务。

当时参加论坛的台湾无障碍协会理事长林俊福感慨："这次西安之行，多亏了无障碍大巴车带给大家的方便，每到一个景区，我们使用轮椅上下都很方便，既节省了时间，还能多走走多看看。"

那一年，中国无障碍促进网西安站举行五周年庆典，李辉民和单位的志愿者免费接送来自全国19个城市的100多位嘉宾到机场、火车站、长途汽车站等地，还接送他们去西安的寒窑、南湖、回民街等地参观，无障碍住宿和出行服务让他们感到十分方便也感受到了西安的文明。

来自大连的纪大成激动地说："我是第一次来西安，从下飞机的那一瞬间开始，到返回登上飞机前，短短的6天里，切身感受到了酒店、餐饮、出行等无障碍服务带来的方便、舒适和实惠。"

目前，手拉手无障碍旅行社的业务已延伸到了全国27个省（自治区、直辖市），让更多的重度残疾人走出家门，感受到外面世界的美好。

这么多年来，李辉民利用他经营的企业尽力安排残疾人就业，先后出资免费培训了62位残疾人从事汽车修理，有的在他公司实习，掌握技术后，应聘到了其他汽车修理厂工作，实现了稳定就业；有的自主创业，当上了汽车维修店的小老板。

但是这些并不能解决更多残疾人的困境。

为了帮助残疾人学习掌握技能，方便就业，李辉民在2014年专门成立了"西安雁塔区光辉残疾人技能培训学校"，设置有汽车修理、盲人按摩、聋哑人手语、肢体残疾人修锁，以及废旧汽车拆解等专业。

2016年，李辉民又创办了西安聋哑人印刷厂，安置有听力障碍的人就业。2019年，西安光辉实业有限责任公司和陕西德朴通信科技有限公司联合启动"96101爱多多"平台运营，营造"携手献爱心，共筑就业梦"的浓厚氛围和良好环境。这个平台专门为市民提供开修锁服务，帮助200多残疾人实现就业。

2020年，他又在西安临潼新丰镇办起了占地1000多平方米的西安光辉报废汽车拆解厂，优先安排培训的优秀学员就业。2021年4月开业，安排残疾人28人就业，并为他们免费提供住宿和一日三餐。

据统计，先后有8000余名残疾人在西安雁塔区光辉残疾人技能培训学校参加盲人按摩、汽车维修、印刷、开修锁、呼叫等技能培训，并最终实现就业创业。

在抗击新冠疫情期间，李辉民主动向红十字会捐款，自主购买蔬菜向社区居民免费发放。

不仅如此，他为了帮助残疾人组建家庭，还举办了几场大型残疾人相亲会，促成很多残疾人走进美满的婚姻生活。

八

残疾人公益事业，对于李辉民而言还有很多要做的事。

2008年，在雁塔区残联的推荐下，他被增选为西安市肢残人协会副主席。如今看来，这件事揭开了他人生新的篇章。

自从在省、市残疾人专门协会担任职务后，李辉民的企业经营理念和人生追求目标似乎都是服务残疾人。

"我有这个能力，我也是残疾人，岂能不支持残疾人工作！"为了各个协会工作方便交流，他在自己的酒店四楼专门腾出一间大办公室，提供给西安市残疾人专门协会，作为协会办公场所及残疾人的活动中心。

党和国家政策越来越好，残疾人的物质生活水平也不断提高和改善，为了给喜欢和爱好艺术的残疾人朋友提供一个学习和展示才艺的平台，李辉民决定由公司出资，经过半年多的筹备，在第27个"国际残疾人日"——2018年12月1日，正式成立了"西安光辉残疾人艺术团"。

这是西安市残疾人事业发展中的一件大事,也是为爱好文艺的残疾人朋友办的一件好事,汇聚了全市优秀的残疾人文化艺术工作者120多人。5年来,这个艺术团积极参加省市残联组织的各种文艺演出活动,产生了广泛的社会影响。

与此同时,2018年12月23日,在陕西篮球队成立六十周年之际,李辉民带领他组建的"陕西光辉残疾人轮椅篮球俱乐部"队员们,走进了陕西轮椅篮球大团队参加活动。

间隔两天后的12月26日,他委托女儿李思雯等代表公司,带着资金走进了西安市残联的定点扶贫村——周至县翠峰镇新联村,开展帮扶调研。随后,在该村确定了"一对一"结对子定点帮扶困难家庭,同时安排该村有就业能力的残疾人在公司合适岗位就业。

在李辉民的爱心行动里,我随机摘取了一些事例记录如下:

李辉民组织残疾人朋友浐灞游

2019年1月31日,光辉集团举行迎春团拜会,特意邀请了4位重度困难残疾人的家庭成员参加,为每户送慰问金500元和米、面、油等物品。

2020年1月17日,光辉集团公司给全市13个区县的39名残疾人及残疾书法家送去米、面、油等物资,价值3万元。

为了让更多的爱心企业和爱心人士加入帮扶残疾人的队伍,2019年,李辉民发起成立了西安市光辉助残公益慈善基金会,募捐资金200多万元,参与的爱心企业达30多家,爱心人士100多人,帮助残疾人50多人。

2020年,为了更好地帮扶残疾人群体脱贫解困,光辉集团开拓新的就业帮扶模式,在西安市8个社区设立帮扶点,一方面为残疾人解决就业难题,另一方面为市民带来更多物美价廉的土特产,同时帮助贫困山区残疾人家庭解决产品销路问题。

李辉民一行慰问残障朋友

2020年,为助力10户贫困残疾人家庭脱贫,光辉集团赠送每户彩色电视机一台。

2021年2月9日,李辉民一行代表西安市光辉助残公益慈善基金会,走进咸阳市三原县东周儿童村开展关爱活动。

从这一堆大大小小的事情中,不难看出李辉民对残疾人公益事业的热爱。

九

李辉民意识到,发展任何一项公益事业,仅依靠个人和企业的力量是不够的。积极建言献策也是他推进残疾人公益事业所要努力的方向。

2008年9月,他受邀到北京国家体育场观看残奥会开幕式,得知北京已经有了专为残疾人服务的无障碍出租车,大大方便了残疾人朋友的出行,尤其是为下肢残疾人的出行提供了便捷的人性化服务。

当时他就在心里期盼:"啥时候西安也能有这样的出租车,那该多好啊!"

从北京归来后,一位坐轮椅的外地残疾人朋友来西安做客,返回时要乘坐出租车赶到火车站,可是他在路边接连拦了5辆出租车,却没有一个司机愿意提供服务。后来还是李辉民亲自开车,将这位残疾人朋友送到了火车站。这件事促使他下定决心,要为西安增设残疾人无障碍出租车做出最大努力。

之后,他便开始搜集整理其他城市无障碍出租车的相关资料。在西安市残联的支持下,他又前往成都等地专门调研学习相关经验。随后,他撰写了在西安增设无障碍出租车的可行性报告,分别提交给西安市残联、市交通局等有关部门。同时,他还积极建议省政协委员提交关于在省会城市发展无障碍出租汽车的提案……

功夫不负有心人,他的积极努力引起了有关部门的高度重视。他应邀参加了西安市交通局组织召开的关于西安市出租汽车增容问题的听证会,并就西安市出租车行业如何进一步为特殊乘客提供有效服务提了具体建议。

最终,相关的问题全部得到解决。市交通局在出租车增容中专门新增了无障碍出租车;市人大修改后的出租车条例新增了无障碍出租汽车条款;市政府将西安市无障碍出租汽车的投放量由30辆增加到了50辆,为残疾人朋友提供服务……

由于李辉民在促进残疾人公益事业方面做出了积极的贡献,他先后被推选担任中国肢残人协会青年工作委员会委员、陕西省残疾人创业协会副会长、西安市残疾人企业及企业家协会会长,还先后当选西安市人大代表、陕西省人大代表、西安市残疾人福利基金会第四届理事会理事等。这每一个角色都是压在他肩上沉甸甸的担子,但他没有让组织和残疾人朋友失望,始终积极担当和拼搏奉献。

李辉民在点燃残奥运会圣火盆

目前,为了给广大学有专长的残疾人朋友及残疾人企业提供一个更好的就业创业环境和平台,他提出一个宏大的具体的构想,并正在积极行动落实——筹建一座高20层、建筑面积5万平方米的"西安市残疾人创业大厦"。届时,不仅可以帮助更多残疾人创业就业,还会形成残疾人创业带动就业的社会效应。

"围绕培训、就业、创业、生活、文化等服务，打造为残障人服务的一流企业，助力残疾人事业持续向好发展，我会一直努力下去！"李辉民和他的企业努力方向很明晰，而这也是他坚守和追求的方向。

让我们拭目以待，也祝福他和他的企业向着理想和目标起航！

从暗夜中奋起

在陕西,有这样一位盲人,他说:"假如给我三天光明,我将会抓紧时间赶回父母身边,去看看他们那早已满脸皱纹、满头白发的样子;我将会抓紧时间赶去看看教过我的所有老师;我将会抓紧时间赶去看看我的兄弟姐妹、儿时的伙伴和所有的同学……"

然而,命运无情,对他来说,这一辈子也不可能见到光明。

一般情况下,一个身体健全而又生活富足的人,难以完全体会到盲人的困苦。就像这样:如果你一直穿着鞋走路,那么你永远不会知道光着脚走路的艰难;如果你的两眼清澈明亮,炯炯有神,可以欣赏五彩缤纷的世界,那么你永远不会懂得一个人两眼一抹黑的煎熬。所以,你难以理解这位盲人渴望光明的心情。

一个人的不幸莫过于双目失明,眼前什么都看不见,前途没有任何希望。有一种生命的伟大也恰恰在于此,即使处在这样的境遇中,却依然不放弃对梦想和幸福的坚定追求。这种伟大的生命精神就体现在这位盲人身上——他从命运的暗夜中奋起，勇敢挑战、拼搏向前，成功蹚出了一条光明灿烂的人生之路。

这位盲人就是陕西师范大学校医院康复医学科副主任魏国光先生。

他在56年的风雨岁月中，迎着苦难、努力奋斗，坚守信念、持之以恒，在追求梦想的过程中绽放出耀眼夺目的光彩，先后获得"陕西省自强模范""全省残疾人工作先进个人"等多项荣誉。2019年5月，他被评为"全国自强模范"，在人民大会堂参加表彰会时，受到了习近平等党和国家领导人的亲切会见。社会赞誉他为"指尖上的舞者"。

下面，就来听听他的人生故事吧。

一

人常说，世间幸福的模样是大致相同的，不幸却各有各的不同。

1965年2月14日这一天，西北国棉五厂一对职工夫妇迎来了他们的爱情结晶——一个男孩儿，这给夫妇俩带来了无比的喜悦。他们对这个孩子寄予厚望，为其取名"国光"，希望将来能为国家争光。

然而，当他们沉浸在孩子出生带来的幸福甜蜜生活中，畅想着如何培养孩子成才时，一项检查结果却让他们怎么都无法接受——国光的眼睛被确诊为先天性视网膜色素变性，就是说他的眼睛只有一点残余视力，双目会逐渐失明，未来将会在漫长的黑暗中度过。

从此，夫妇俩带着小国光走遍了西安的大小医院，拜访了各地的名医，求遍了所有的偏方，从始至终没有放弃过。只要有一线希望，无论多远的路，无论风霜雪雨，他们都会去积极争取，即使砸锅卖铁也在所不惜。

魏国光回忆说："我不记得父母当时都吃些什么、穿着什么，只知道自己从来没有受过饿、挨过冻，能深刻地感受到父母经常背我的肩膀越来越消瘦，拉我的手也越来越粗糙。父母或托着、或背着、或车载着、或手拉着我,在一家又一家医院进进出出,问诊、检查、买药、吃药、打针……这些几乎成了我童年生活的主要内容,他们每月的工资几乎全变成了我的医药费。"

尽管视力很差,但是魏国光的童年并不缺少快乐。由此,他说:"我一直是自信的。"

儿时,魏国光是一起玩耍的小伙伴离不开的小精灵。他们用捡来或从家里找来的各种材料做成玩具刀枪、弹弓、板儿、陀螺、沙包等,然后在一起追逐嬉戏。有时候还用糖纸、烟盒纸叠成三角形或其他形状用来玩耍,有时候没有玩具,大家就一起玩捉迷藏、老鹰抓小鸡、"斗鸡"及锤子剪刀布的游戏……总之,每一天他们都有十八般武器,玩得不亦乐乎。

魏国光夫妇的幸福

寒暑假期间,他还会被带到乡下的外婆家,与伙伴们一起或遛狗,或放羊,或打猪草。有时候他也会调皮淘气,爬树掏鸟蛋,去涝池洗澡。下雨天,他与伙伴们和泥巴,摔泥泡儿,或做泥巴玩具玩。在水里摸上几条鱼,用水在田地里灌田鼠,在苜蓿地里捕蝴蝶、捉蚂蚱……有父母和外婆的疼爱,还有小伙伴们的陪伴,他从未感到孤独。

伴随着童年的快乐,他一天天长大了,视力却一天不如一天,和同龄孩子一起上学,他无法完成作业。课本上的字,他也看不清。老师写在黑板上的字,他越看越模糊。尽管很努力,但是他却怎么也不能把字写入作业本的方格里,到后来,就仅仅只能在课堂上听讲。好在他的记忆力很强,课堂上老师讲授的知识大部分他都能够听懂,所学的课文听其他同学背诵两遍后,他便也能背诵下来。

为了能治好眼睛,好好读书,看病吃药的事在他上学期间也从未停止。直到这一年的一次遭遇，让魏国光决定彻底放弃治疗。

当时，他的父亲听说新来了一位"名医"，无所不通，而且看病不收挂号费，但也绝不是义诊。他父亲打听了其中的规矩后，拿出了家中所有积蓄和自己那刚领到手的微薄工资，购买了在一家人看来十分丰厚的礼物，客气而又虔诚地送往"名医"家中，希望这些礼物可以换来一剂良药，能够让儿子的眼睛重见光明。

当时的他，是多么渴望奇迹的出现，然而换来的却是希望的破灭，他的眼睛没有一点点好转，可是父母仍然坚持为他治病。"我虽看不清父母的表情，但偶尔能听到父亲的叹息和母亲的啜泣，以及他们沉重的步履，我感到家庭经济状况越来越窘迫。"

这一次，实在是没有多余的钱，他的父亲提着一份薄礼，带着他又一次去了这"名医"家。"名医"不为礼物所动，用一种很复杂的语气对他的父亲说："听说你是个电工，最近西安市正闹地震，有人给我搭了个防震棚，还没有通电，你给我装个电灯吧！"

童年的魏国光永远也忘不了这"名医"当时的口吻，那是多么让人不容置疑、不容反对，高高在上且颐指气使，甚至裹挟着一丝轻蔑和嘲弄。

"好……好！我马上回去取工具。"对他的父亲来说，这并不是尊严被挑战，只觉得这是"名医"要用心医好孩儿眼睛的信号，因而他答应得那么利索、那么干脆，恨不得立马能把工具取来，生怕步子走慢了会错过天赐的良机。

他在原地等了一会儿，父亲就提着工具再次赶来"名医"家，很认真地为"名医"安装所需灯具。谁知"名医"百般挑剔，原本半小时就可以干好的事，折腾他的父亲足足干了两个多小时，而他就坐在板凳上静静地等候了两个多小时。

后来，终于轮到"名医"可以为他看病了，他和父亲天真地以为奇迹即将出现，谁料"名医"还是老一套，在不耐烦地询问了一些老问题之后，轻描淡写地说："还是照上次开的那些药，那样吃吧。"

结果，他的父亲依然千恩万谢，因为他是为了自己的儿子，即使受到天大的侮辱也不觉得委屈。可魏国光的心灵却被这"名医"深深刺痛，一种屈辱和愤恨涌上心头，他鼓起十足的勇气做出了一生中最重大的一个决定——再也不能让父亲如此辛苦下去。

"眼睛就这样了，不用再治疗了！"那一刻，他立志发誓，"我要学医！"

这一年，魏国光 11 岁。

二

父母哪有不心疼自己孩子的，而魏国光在经历了十一年的吃药打针之后，在离开那个"名医"的家之后，便拒绝再去任何地方求任何人看病，并且说服父母接受了现实和他的想法。

要想学医，他首先必须掌握一定的文化基础知识，因此他坚持在普通学校里与同学们一起上课，主要以听讲为主，借助放大镜，十分艰难地读完了小学课程。

上学期间，虽然他不能像健全人那样流畅地读书，却也认识了大量汉字，背诵了多篇诗词和课文。如此，他了解到祖国幅员辽阔、山川大地秀美、中华传统文化博大精深，尤其是中国生动形象的方块字和丰富的词汇为他开启了知识殿堂的大门，大门内充满了无穷的快乐。这些都增强了他的自信心。

为了让他不间断学习知识，父母除了给他读书读报外，还给他买了一台收音机，让他用来收听音乐、新闻、小说等节目，以此陶冶他的情操，培养他的爱好。通过聆听中外名人故事和音乐，他知道了《钢铁是怎样炼成的》《变色龙》等名著，知道了《二泉映月》等名曲，知道了张海迪、贝多芬等人物，了解了五彩缤纷的世界，并且在心里与这些名人开始沟通。

当然，视力更不影响他的思考和精神成长。他暗下决心："我要像贝多芬那样紧紧扼住命运的咽喉，用双手向命运发起挑战；要像海伦·凯勒那样，不信命运，也不信上帝！"

在他学习不断进步之时，视力越来越差，即使用放大镜看蚕豆大的字也极为困难，双眼几乎到了失明的地步……就这样，他坚持上到了初中二年级。1979年秋季，他不得不休学回家。

可怜天下父母心。为了帮助儿子寻找一条人生之路，他的父亲向亲朋好友打听适合儿子学习和将来就业的相关信息，留心关注各种资源和信息。一天，他的父亲在报纸上看到陕西盲人按摩中等专业学校招生的消息，当即把他从乡下接回西安，及时去见了招生老师。

这是1980年。老师了解了他的情况后，建议他在家里先学习盲文，再报考盲校。

此后多半年时间，他克服各种困难，掌握了认识盲文的方法。

在盲文知识的学习中，他如鱼得水。《盲人月刊》中讲述的国内外盲人自强不息的故事，包括有关盲人的奋斗史、恋爱、婚姻、家庭趣事，不仅开阔了他的视野，而且打开了他心灵的窗户，激励着、鼓舞着他时刻准备着扬帆远行。

1981年9月1日，魏国光顺利考入了陕西省自强中等专业学校，学习医疗按摩专业技术。

这条通向理想和成功的道路，既充满了魏国光美好的希望和期待，也充满了艰辛、挫折和磨难。魏国光告诉自己："即使付出比健全人多百倍的努力，也要珍惜这难得的学习机会，努力学好这门专业技术，绝不能放弃！"

一个又一个春夏秋冬，无论严寒酷暑，还是刮风下雨，他从未放松对自己的要求，唯恐时间会在碌碌无为中悄然流逝。按照学校的要求，他一方面不断苦练生活技能，比如洗衣服、叠被子、缝衣钉扣，另一方面努力学习专业理论，注重实践操作练习。

功夫不负有心人。通过三年的理论学习和一年的推拿、按摩的临床实践，他系统地掌握了专业医学知识和技能。1985年6月3日，他以优异的成绩毕业，被分配到陕西师范大学校医院任按摩医生，从此开始了他的从医之路。

这一年，他刚刚20岁，在双眼近乎失明的状态下，艰难地开启了一条专业技术"创业"之路。

三

工作后，魏国光在实践中真切感受到学海无涯，尤其是在人人迫切追求知识的氛围里，他深感时刻都不能懈怠或停步，要一边在干中学，一边在学中干。

现实的问题是，盲人能阅读的书籍太少了，实在不能满足他对知识的渴求。身边能找到的盲人书籍，他一本不漏地学习过了，很难再找到别的他能读的盲文书，自学因此受到种种限制。

幸运的是，陕西师范大学民族预科部的领导得知了魏国光自强不息、积极上进的事迹，一方面在学生中把他树立为学习的榜样，请他为学生们做励志报告，鼓舞学生们克难奋进、积极向上，另一方面向他伸出援助之手，每周两次安排学生志愿者为他朗读各类书籍报纸，此后便是"三十多年如一日"从未间断，同学们经常读得口干舌燥，却也不厌其烦。多少次，他总是劝告他们不要再为他读书，可是一届又一届的校友们坚持不懈，始终没有中断为他读书。

在这些学生们的帮助下，魏国光感觉到自己有了很多双"眼睛"和"耳朵"，顺利攻读了《按摩与导引》《中华针灸》等一系列医学理论书籍。

魏国光每天上班时间都被病人占据得满满的，只能挤时间如饥似渴地学习。就这样，为了患者早日恢复健康，他日复一日地忙碌着、劳累着、幸福着。

在工作中，他坚持归纳总结临床经验，提高理论和实践水平。36年来，他累计诊治患者9.1万多人次，用盲文书写病历9200多份，形成档案资料63册，120多万字。

回首走过的路，让他最难忘的人是他的同事吕大夫，吕大夫不仅是他事业的领路人，更是他专业技术发展道路上的导师。

吕大夫是校医院的一位聋人老中医，出身中医世家，平时不仅关心他的工作生活，而且关心他的未来出路。一次，吕大夫拿来一份医学论文征文通知书，在念给他听了之后，深情地鼓励他："咱们两人一个是聋人，一个是盲人，要想获得更多的尊重和广泛的认可，那就必须写出有分量的论文，要是这些论文能够在杂志上发表，或被邀请参加学术研讨会那就更好……我们只有比健全人都做得好，才不会被小瞧！"

吕大夫的肺腑之言让他醍醐灌顶，不仅为他指出了一条业务精进之路，更是为他找到了一个新的奋斗目标。得到鼓舞之后，他在坚持为病人治病的同时，特别注重用盲文细致记录患者病情，更加细心总结经验。1987年，他发表了第一篇论文《按摩治疗急性腰肌扭伤的经验总结》，当时在校医院内外产生了很大反响。

在健全人的意识里，盲人写作发表专业技术论文，实在令人感到不可思议。

此后的多年里，他先后撰写了《按摩治疗露肩风116例经验总结》等16篇论文，分别在《陕西省中医学院学报》《儿童与健康》《按摩与导引》等期刊发表。

同时，他还被邀请参加了在西安、银川、青岛分别召开的全国高校第六、第七、第八届运动医学研讨会及西北五省第一届、第二届运动医学研讨会，陕西省第二届运动医学论文研讨会和省第二届针灸论文研讨会。与会期间他所提交的论文受到了同行的一致好评。

不仅如此，他还受邀出席了中国盲人按摩学会2016年以来的年会和第十四届世界盲人联盟亚太区按摩研讨会。

2017年11月3日，他还代表陕西盲人按摩学会参加了由中国残联就业服务指导中心、中国盲人按摩指导中心组织的专家组,对西安交通大学研制的按摩手法三维力学测定仪和按摩穴位智能化腧穴仪进行鉴定。

为了提高治疗效果,更好地服务患者,魏国光自2018年以来,主动求教同行医生,学习锤震法、按动法等方法,然后在工作岗位上认真反复演练,直到完全掌握操作要领后才将这些方法用于患者治疗中。

魏国光在查阅诊疗档案

此外,他又同陕西省人民医院大夫郭振军博士等同行,研究发明了针对盲人用药管理的系统,该系统得到国家认定,于2020年10月获得国家知识产权局实用新型专利授权。

他先后当选陕西省盲协副主席、陕西盲人按摩学会会长、西安市残联副主席、西安市盲协主席、雁塔区盲协主席等。这些无疑是社会对他的充分肯定。

他虽然双目失明,但通过不懈地奋斗,蹚出了一条充满光明的人生路。

四

己所不欲,勿施于人。这是魏国光从医和做人的心得体会之一。

"病人的痛苦,就是我的痛苦;为病人解除痛苦,就是我最大的快乐!"回忆往事,魏国光说,"我是一名医生,治病救人是我的天职,我不想让当年那位'名医'对父亲冷漠与傲慢在我自己身上重现。"

正是秉持这样的职业操守,他对待病人如同亲人,赢得了广泛称赞。

这样的事例可信手拈来。1986年6月，当时就读于陕西师范大学体育系的学生张某，因集训时运动量过大，不慎扭伤右脚踝，局部红肿，疼痛难忍，行走困难。眼看6月在大连举行的第二届大学生运动会即将拉开帷幕，她心里焦急万分，教练也跟着心急如焚，同学们用车将张某推到校医院进行治疗。

在详细了解病情后，魏国光采取高强度治疗方法，经过数次精心按摩后，张某的脚伤迅速恢复，如期参加了赛事，摘得一枚金牌，是西北五省区高校唯一的一枚金牌。

胜利归来后，她特意赶到校医院，向魏国光表示谢意："这枚来之不易的金牌，也有您的一份功劳和心血。"这位同学的话让他感受到作为一名按摩医生的神圣感、荣誉感。

1996年5月的一天深夜，魏国光已经熟睡，突然被一阵急促的敲门声惊醒，打开门后方知是本校政经院的张老师在家人的搀扶下来到他家中就医。其夫人说张老师因饮食不当，引起腹部剧烈疼痛，因以前听说过他在治疗腹痛方面有特殊的按摩方法，于是情急之下前来求治。经诊断张老师为急性胃痉挛，他不慌不忙为其进行按摩治疗，大约20分钟，张老师的腹痛逐渐减轻，其家人长长舒了一口气。张老师还未下床，就激动地握住他的手说："你真是一个救命的活菩萨。"

2000年正月初二，这是魏国光夫妇每年拜访岳父岳母的日子。正当他们准备出门时，学校刘老师的女儿匆忙赶到家中，说其母亲在春节前因打扫卫生不慎将腰扭伤，在家卧床多日，考虑到春节期间不便打扰他，就一直强忍着。谁知病情没有减轻反而加重，以至于起不了床，又疼痛难眠，不得已只好找到他们家，请他上门治疗。于是，他便赶到刘老师家里，仔细检查诊断后，当即对其进行了按摩治疗，刘老师当天便能起床了，并可在家人的搀扶下活动。随后又经两次按摩治疗，扭伤症状完全消失。

虽然夫妇俩没能与老人团聚，但让刘老师全家过了一个愉快祥和的春节，魏国光心中感到十分愉快和特别有成就感。

每一个人都会有生病的时候，医生也不可能例外。1989年9月的一天夜里，魏国光突发盲肠炎，疼痛难忍，到医院打完吊针已是第二天早上七点多钟。但想到还有十几个预约的病人在等候着他，他没有回家，而是直接赶到医院上班，忙碌了整整一天，晚上回到家里已是精疲力竭，连饭都没吃一口，倒在床上就睡着了。

作为一名医生，虽然治病救人是天职，可是对于一个像他这样的盲人医生，本来还需要别人的照顾，而他却像一团火，用满腔的热情时刻温暖着前来就诊的病人。对于那些年龄较大或行动不便的病人，他会主动搀上扶下，对于那些不能到医院就诊的重病号，他就坚持上门诊治。

在治病的同时，他还会针对不同病症尽可能给病人普及一些体疗、食疗和理疗的知识和方法，帮助他们排除心理障碍，增强他们战胜疾病的信心。

在魏国光的办公室经常能看到这样的场景：魏国光踮起脚尖，用全身的力气按压患者相关的穴位，"啪啪啪"地叩击敲打刚才按摩的部位，并根据患者的反应不断调整手法和力度，这一套熟练、系统的动作持续大约半个小时，他的额头已冒出汗珠，而他顾不得擦去汗水，循着声音，又将下一位患者请上治疗床。如此，日复一日，年复一年，在他的双手之下，一个个肩周炎患者重新抬起胳膊，腰、踝扭伤患者重返工作岗位。可以说，他"手到病除"的医术使广大患者对他既感激又佩服，很多送锦旗者称赞他"妙手回春""手扶肌表力透骨髓"。新闻报道称赞他是一位"指尖上的舞者"。一位著名书法家敬赠他这样四个字：眼盲心亮。

五

魏国光进入陕西师范大学校医院工作后，他的成长奋斗事迹和医疗按摩效果不断远播，逐渐引起了社会各界人士的关注。而对于他来说，在工作中取得的一点点进步都离不开领导的关心和同事的帮助，生活中得到一点点方便都离不开同事的照顾和关爱。

他在《假如生活给我三天光明》中这样写道：假如生活给我三天光明，我会去感谢我的同事和我的病人们，因为——

"他们在工作、学习、生活中给了我很大的帮助、照顾和支持。刚参加工作时，领导叮嘱大家在各个方面照顾和关爱我。比如，校医院副院长姜志玉领我到食堂去，向大家介绍情况，招呼食堂师傅我打饭可以不用排队。按摩室和理疗室合用一间大房子，两位女大夫，一个叫李凤英，一个叫赵青霞，她们和我的父母年龄相差不大，我一直称她们'阿姨'，她们非常关心我，有时天冷，她们便从家里拿来衣服让我穿上，逢节假日时把我叫到她们家里吃饭。后来单位新来了几位新同事，刘选平、微末两个同事待我如亲兄弟一样，陪我一起去打饭，下班后陪我散步，代我买生活用品……"

"特别是微末，他是我们医院的化验员，爱好广泛，写得一手漂亮毛笔字。起初他住单身宿舍，后来为了照顾我，就搬到理疗室同我住在一起。"

回忆一路走来的点点滴滴，魏国光说他要感谢的人太多了，每一个帮助过他的人、给予过他温暖的人，都让他感动，都让他铭记。

曾经在他身上发生过一件有趣的事，因为有很多女士经常搀扶他外出或散步，因而被校园内一位不了解情况的老师讥讽为"风流先生"。

有一位女同事张小庆，原来

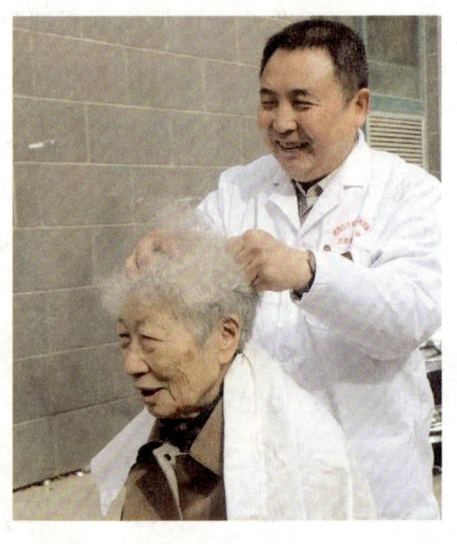

魏国光在做按摩技法示范

是校医院的统计员,是搀扶他最多的人。他的故事吸引了她,不久,他们便相恋了。

他的生活因为她的出现而变得更加绚丽多彩。三十多年来,他们始终手挽手相伴着走,从相识、相知,到相爱、相濡以沫,在学习上、工作上、生活上相互体贴、相互照顾、相互关爱,演绎着浪漫的爱情和温馨的家庭生活。他平时总是尽力做一些力所能及的家务事来减轻她的负担。她对家庭的付出要比他多很多,但她始终认为嫁给他无怨无悔。

在陕西师范大学校园内,他们俩是一道美丽的风景。因此,他们多次被校工会评为"模范夫妻""五好家庭"。

在一次座谈会上,当妻子被问到对他的希望时,她不由自主地讲道:"我希望他能看到我和孩子的模样儿。"

这是 2006 年师大举办的一次活动,他被会上妻子的话语深深地感动。这一天,在校园的小路上,听到一首英译诗歌《但是你没有》之后,他受到启发,想到妻子对他的爱,即兴创作了一篇散文《牵手》,表达他对妻子的深爱。

这篇散文诗在传颂中好评如潮,当年在西安市残疾人首届文化艺术节上获得"感恩生命"征文一等奖,并被收编在《生命的强音》一书中。

时隔十五年后,魏国光依然能够深情地朗诵这篇文章,而且根据这些年的生活感受,再次对内容进行了补充和完善,其中的每一个字都饱含了他对妻子的无限眷恋、挚爱和感谢!

全文摘抄如下:

牵　手

当我告别亲人,独自走向工作岗位,以出色的工作能力出现在你眼前时,是你牵起了我的手。

你牵着我的手,第一次出现在校园里。我听到熟人的招呼,我知道,你微红的脸上肯定略显娇羞。

你牵着我的手,在上班的路上、在下班的途中,在饭后散步的悠闲里,在假日购物的拥挤中。从你悦耳的声音里我知道,你并不在意别人的目光。

你牵着我的手,在去夜大的路上,在朦胧的月光里,我知道,你的身影一定很美很美。忘不了,忘不了那天天气骤变,当我手持盲杖和雨伞,出现在你面前时,你紧紧握住我的双手。我们依偎着,走在泥泞之中,却如走在和风细雨里。

你牵着我的手,在你忙家务时,儿子总是学着你的样子,"爸爸下台阶""爸爸向左拐""右边有水"……我明白,儿子的手是你的延伸,我知道你听见儿子稚嫩的声音,心里一定很高兴。

你牵着我的手,儿子跟在身后,我们走过了宁夏的沙坡头、兰州的五泉山、四川的峨眉山、北京的长城……从你的口中我看到了祖国的大好山河,祖国的图画在我的心中无比的妖娆,无比的壮丽。

你牵着我的手,我们走向灾区、走上街头、走入教室……我们为灾区捐款捐物,为学生作励志报告,为盲人普及盲文,为盲人和各类培训班的学员,传授按摩理论和实操技能,我们把爱心献给需要帮助的人们。

你牵着我的手,我们的足迹遍布古城西安。我们代表残联不但看望了贫困盲人,走访了盲人按摩店,而且把党和政府为残疾人制定出台的优惠政策传达给大家,并把他们的合理诉求反映给政府,起到了桥梁纽带作用。

你牵着我的手,我们又光荣地加入了十四运会和残奥会火炬传递团队中。在人们的欢呼声中,我们强烈感受到伟大祖国在中国共产党的领导下,从站起来、富起来到强起来,而且还感受到伟大祖国繁荣昌盛、人民幸福安康。

你牵着我的手,我们走过许多路、经历了许多事,也见证了许多许多……

当掌声响起,当我站在领奖台上时,我知道,我不能没有你,更不能没有你的牵手。

为了你的牵手,为了我们的牵手,为了全世界人类的牵手,我愿奉献我的一生。

我希望世界因我们的牵手而与众不同。

2021年9月16日

读后,很多朋友们感慨:世间最浪漫的爱情,不过如此——相互牵着手,彼此陪伴着一起慢慢变老。

魏国光还喜欢用文字分享他的生活感悟。多年来,他撰写的《盲人享受了一次外国元首级待遇》《纪念曹伯庸先生》等十余篇文学作品,先后发表于《盲人月刊》《中国教育报》等报刊。

盲人怎么撰文发表呢?一般情况下,他都是先写成盲文,然后再口述给别人,之后用电脑打字记录下来,校对之后,通过电脑将文件传递给报刊社或将稿件邮寄到报刊社。所以,他写的每一篇文章,背后都付出了多出常人几倍的艰辛。

魏国光还是一个很有趣的人。除了工作、学习外,他还喜欢听音乐、唱歌、拉二胡,经常参加学校和社会上组织的文体比赛活动,获得过二、三等奖,曾经在西安市残疾人第一届和第二届运动会中分别获得盲人组田径比赛第一名和第二名的好成绩,在其中体会到分享的快乐和拼搏的喜悦。

六

魏国光蹚出了一条光明灿烂的人生之路,也幸运地过上了幸福美好生活,同时也体会到更多盲人朋友在追求幸福路上的艰难,并从多个方面努力为他们提供力所能及的帮助。

自 1998 年以来，他积极发挥自己所长服务社会，多次为省市举办的下岗失业人员再就业技能培训班、残联组织举办的按摩保健培训班免费做专题讲座，为盲人扫盲班担任授课教师，帮助盲人识字学技能。

魏国光参与第十四届全国运动会、第十一届全国残运会暨第八届全国特奥会火炬传递

身边如果有盲人遇到困难，他总是积极想办法帮助他们克服困难。在得知盲人于向丽与丈夫离异后独自带着两岁的女儿生活十分困难，他及时推荐于向丽去按摩保健培训班学习，之后，于向丽顺利在按摩店找到工作，解决了自己与女儿的生计问题。他还利用节假日，专门指导于向丽学习医疗保健方面的按摩技能。他像对待亲人一样关心她们母女俩，让他的爱人为于向丽的女儿送去衣服和食物。

盲人任玲在参加按摩保健班培训之后开了一家按摩店，由于经验不足、技术欠缺，经营出现困难，他及时伸出援手，帮助其提高医疗技能水平，改进经营方式。在他的指导之下，按摩店的生意逐渐红火起来。之后，这家按摩店还吸收了更多的盲人按摩师在店里工作。

除了帮助盲人学习技能、解决就业问题，他还关心和帮助解决盲人在学习、生活等方面的困难。杜小朗夫妇是双盲户，正在上学的女儿乖巧可爱，但功课无人辅导，这一直是夫妇俩的心病。他得知情况后，立即与陕西师范大学家教中心联系，家教中心的志愿者每周利用课余时间和双休日，免费为杜小朗的女儿辅导功课。在志愿者的帮助下，杜小朗的女儿学习成绩突飞猛进，于 2011 年以优异成绩考入西安市重点高中。2014 年，又以优异成绩考入西安一所 211 重点大学。

二三十年来，魏国光利用周末和假日休息时间，先后深入100多家盲人按摩店，走访300多次，向盲人朋友宣传党和政府制定出台的残障人优惠政策和帮扶措施，传递党和政府对他们的关怀。同时，对他们的技能和经营情况进行详细调查研究，了解掌握人们对保健的需求。针对调研中发现的盲人技师服务顾客时按摩手法存在的问题，他及时进行技术服务指导，同时他抓住在盲人保健按摩班上课的时机，对存在的问题进行改进，促进广大盲人群众能够真正掌握保健按摩技能的"真经"，实现更好就业。此外，作为医疗按摩专家，他还受邀到数十家按摩店去坐诊，服务更多的病人。

在一次工作调研中，他了解到盲人医师刘根前的婚事遭到女方家人强烈反对，女方父母甚至将姑娘禁足在家，不允许她与刘医师来往。得知这一情况后，他致电女方家人进行沟通，并结合自身经历解释盲人的特点和优点，为女方与盲人共同生活树立信心。在他的耐心劝导下，刘医师与女友在2003年喜结连理，婚后育有一子一女，生活美满幸福。

此外，他还与省市电讯部门协调，给盲人相继免费开通了"八音盒""古城聊吧"等平台，600多名盲人享受到了电讯大户网和陕西联通大户网的服务，他们可以以优惠的价格在电话里听电视、欣赏综艺节目，可以在四十多个聊天室聊天，通过这种方式找到他们多年无法联系的盲人朋友、同学，敞开心扉交流沟通。他还联系中国狮子会等爱心组织，带领40多名盲人到蓝田泡温泉，到袁家村进行盲人文艺演出。他还积极与省市残联沟通、协调，为盲人免费发放盲杖、报时器、语音温度计、博朗读书机，等等，组织盲人听相声，学习二胡、葫芦丝演奏，使他们感受到生活的丰富多彩和社会的温暖。

针对盲人精神文化生活活动相对较少的问题，他联系省、市图书馆开办盲人阅览室，利用世界图书日组织盲人读书，并请专家为盲人做专题报告。结合盲人阅读的特殊性及中国盲人图书馆借书模式，他联系图书馆免费为盲人办理盲人借书证，为提高盲人理论文化知识，丰富他们的精神文化生活提供了极大便利。

魏国光还多次协调落实帮扶政策，为无房户盲人家庭解决住房问题，既履行了他在盲人协会的职责，也为构建和谐社会做出了一份奉献。

总之一句话：凡是能为盲人提供一点点方便，凡是有能为盲人办一点点实事的机会，他都会积极努力争取，与有关部门协商，直至妥善解决问题。

魏国光组织带领残障朋友参加公益活动

在帮助残疾人之外，他还积极组织各种爱心捐赠活动。比如1998年夏长江中下游及东北嫩江、松花江一带遭到百年不遇的特大洪涝灾害，2008年5月12日四川汶川地震灾害，2010年4月青海玉树地震灾害，2014年8月云南鲁甸一带地震灾害……面对这些灾情他向儿童福利院捐赠衣物、文化用品、学习用具。双休日、助残日医院组织开展的爱心义诊活动，每一次他都积极参与。光辉集团李辉民学雷锋志愿者服务队、陕西白手杖盲人专业按摩志愿者服务队、西安残疾人福利基金会服务总队、精准扶贫医疗按摩进乡村义诊活动等相关公益组织开展的社会公益活动，他从来没有缺席过。

为了传递积极奋发的正能量，他还经常挤时间为一些高校的大学生们做励志演讲报告，激励莘莘学子从他的经历中懂得，"不管遇到什么困难，都要勇于面对，做自强自立、乐观向上的人！"

七

从求医到学医，从学医到从医，魏国光所走过的风雨人生之路就像是一首充满着拼搏奋斗的生命之歌，一首克难进取的追求之歌，一首用无私真情谱写的奉献之歌。

"在以后的人生中，我还会继续走我的路，继续唱我心中的歌，我要把全部的爱奉献给患者，为祖国的医学增光添彩，让生命无悔无怨！"魏国光不是在唱高调，而是他精神追求的自然流露。多年来，他始终用事实在积极践行这份理想情怀。

在陕西师范大学校园内的林荫小道上，妻子牵着他的手，两人漫步在阳光下，树上的鸟儿叫喳喳，在他们的背后聚集着许许多多赞许、敬佩、羡慕的眼光。

在他们走过的地方，似乎还散发着一道耀眼的光芒，流淌着平凡人生的幸福和诗意。

追问生命的意义

辛丑年立秋刚过，抓着夏季的尾巴，我驱车去西安市阎良区关山街道关山村星中组拜访一位大众的精神偶像。

他的名字叫李增勇，37岁，国字形的脸庞，白白净净，一头浓密的短发，一双眼睛大而有灵性，一口整齐洁白的牙齿，高高的鼻梁上架着一副黑边眼镜……看起来特别有精气神，加之他自然流露的亲和笑容，细腻的情感，睿智的谈吐，俨然一个学养丰厚、气质儒雅的青年导师。或者说，他更像这个时代大众热捧的一位"帅哥"。

然而，让人难以置信的是他只有初中文化，高位截瘫，卧床17年。

他们一家现有三口人，属于关中大地上一个极其普通的农民家庭。他的母亲63岁，是一位贤惠淳朴的农村妇女；他的父亲67岁，患脑梗后留下了后遗症，勉强能做一些简单的体力活。一家人的经济来源主要依靠低保和母亲在村公益岗位的工资，年收入共计15000多元。

车祸前的李增勇

尽管家庭条件如此，但并不妨碍他们一家人生活幸福，更不妨碍他在我心目中的标杆形象。

一

2005年5月24日早上，李增勇像往常一样，骑着自己的摩托车去村里不远处的一家公司上班。他一万个没有想到，自己的人生就在这一天被改写。

在他距离公司不到一百米处时，一辆拉土车突然发疯了似的向他疾驰而来，他还没有反应过来，只听哐的一声响，瞬间便失去了知觉。等司机刹住车才发现，他和他的摩托车同时被撞得人仰马翻，一个是头破血流，一个是支离破碎。

他被抢救清醒过来时，已经是四天后了。

这一场车祸之前，21岁的他，在大家眼中已是村里一个壮实精干、聪明活泼的小伙子，而且很有人缘，好几个漂亮的姑娘暗恋他呢。那时候的他，虽然挣的钱少点，但充满快乐，充满希望。

如果没有这一场车祸，经过三五年的打拼，他可能早已成为某公司的一位白领，也可能有了心爱的妻子和儿女，有了自己的"小世界"。

那个肇事司机也是一个苦命人，妻子与他离异后出走，家有八十多岁的老母亲，还有两个小孩子，一日三餐都要他来照顾。为了支付李增勇的医疗费，在变卖了那辆拉土车，千方百计凑了1万元之后，再也拿不出一分半文来。

肇事司机的家庭比李增勇家还艰难。在得到李增勇一家人的谅解后，肇事司机杳无音信。和他在一起上班的人在事故后再也没有见过他。

人们都说："怎么不通过法律途径解决问题呢？"

那时治病救人是第一位的。因为责任方没有经济赔偿能力，打官司并不能解决根本问题，所以李增勇一家选择了放弃。

他们本来并不富裕的家，在花光了所有的积蓄，欠下众多亲友几十万元后，还是没有完全治愈他的伤痛，从此李增勇高位截瘫，常年卧床不起。至今，一家人还在四处求医问药，治疗严重萎缩溃烂的双腿。

因为一场无情的车祸，一个阳光帅气、朝气蓬勃的青年，瞬间变成了一个需要他人全面护理的人，一个完全丧失了劳动能力、生活能力的重度残疾人。他每天吃喝拉撒都在床上进行，身体和精神的双重打击让他痛苦不堪。

命运的残酷，一度让他和家人都无法接受。

二

猝不及防的打击，让李增勇在很长一段时间里心情低落到了极点。在那段人生低谷期，他深刻体会到了作家史铁生在《秋天的怀念》一文中写的那样，脾气变得暴怒无常，排斥一切，痛苦，茫然，颓废。可以说，那时候，他对人生完全失去了希望，对生活失去了信心。

还有一段时间，他的身体和思想一起出现了很大的问题，特别是他的心理开始变得扭曲。高位截瘫使他对自己肩膀以下的部位没有任何知觉，这为他"自残"找到了一个"合理"的理由。当夜深人静，伴着痛苦、孤单、无助，他经常难受得泪湿枕巾……这时，他就会用提前隐藏的水果刀划破自己的身体，以寻求那种疼痛的感觉，可是他并没有得到这种感觉，这让他更痛苦。也没有人能体会到他当时内心的滋味，"长时间的不痛比痛本身更可怕！"

面对不幸的遭遇，如何接受现实，他开始在心里不断拷问自己："你最怕什么？"

"惧怕死亡吗？"

"不是！从死神手里挣脱，相当已经死过了一次。"

"在最绝望无助的时候，究竟最怕什么？"

"最怕的并不是死亡,而是周围所有人都把你当病人看,当废人看,然后怜悯你、同情你、躲着你!"

……

他在自问自答中,找到答案:面对现实,他需要的是理解而不是同情,需要的是精神陪伴而不是怜悯,需要的是一个生存下去的理由而不是宽慰。

正当他因所有希望都一一破灭而心灰意冷的时候,从区上、街道办到村上,从政府部门到社会各界,大家纷纷伸出援手,落实帮扶政策,给予他们一家关怀帮助。一时间,好像有一股强大的暖流涌向他们家,包裹了他的全身心。

也就是从这个时候起,他尝试放下所有的顾虑、偏见和包袱,接受身体瘫痪的现实,坚持与疾病抗争、与偏见抗争,用奋斗的姿态,积极寻找精神腾飞的突破口,让自己有事干,努力有作为。

之后,他开始读书,用读书来丰富自己的精神生活,不断超越自我。

当他下决心要改变自己的时候,才发现自己想要的并不是奋斗的结果,而是奋斗的过程和过程中的快乐,哪怕以失败告终。

在独特的体验中,他感悟到人生真谛——奋斗是生存的内容和意义。

三

"十七年,多么长的时间啊,你是怎么熬过来的?"我和关心李增勇的好多朋友都有这么一个相同的问题。

"其实,答案很简单,那就是好好地活着。进一步而言,尽力有意义地活着。"

如何走出心理困境?李增勇经过了一段时间煎熬后,终于思考明白了人生一连串的问题——

"我为什么要为不可能改变的事情而烦恼,何必要自讨苦吃呢?"

"我为什么要将余生宝贵的时间浪费在痛苦之中呢?"

"一个人活着,如果连自己都自暴自弃,那么还有谁能够信任和支持他呢?"

"如果连自己都给自己判了死刑,那么这样活着又与埋在数尺黄土之下的躯体有何区别?"

"既然你确定无法也不可能改变一些现状,那么就学会坦然接受。"

在弄清楚了这些之后,他在病床上感悟到一个闪耀着精神光芒的道理:"身体的残疾无非是限制了我的活动范围,却并不能够限制我活下去的勇气与决心。"

然后,他又在泰戈尔的思想精神宝库里找到了证据。这句话是这样说的:"上天完全是为了坚强你的意志才在道路上设下了重重的障碍。"

思想问题解决了,其他所有的问题都不再是问题,这便是"一变则万变"。这个时候,他的心慢慢趋于宁静,似乎有了一种强大的力量支撑着自己。

通过读书读刊、看电视新闻,与作者沟通,他的见闻、认识、思想和精神变得丰富。特别是在2008年以后,信息网络和社交软件不断发展,博客、QQ空间、微信等传播平台的出现,人与人之间的交流、沟通互动更加方便快捷,世界真正变成了一个地球村,人足不出户就能了解世界。

他通过电视、电脑、手机及时了解到全国各地的实时信息和社会动态,成了村里知道外界信息最多的人,可谓是"秀才不出门,全知天下事"。

"这娃比谁都知道得多,"邻居八十多岁的老奶奶说起侄孙儿李增勇,直夸奖,"娃爱读书学习。"

因为他知道得多,懂得多,愿意听他聊天的人越来越多。他的房间也慢慢成为村里最受欢迎的"聊天营""信息传播点",甚至是"心灵驿站"。

亲朋好友，左邻右舍，男女老少，见他积极向上，不但不需要他人的安慰关怀，反而用他的坚强快乐和睿智豁达去鼓舞周围那些情绪低落、消极颓废、好吃懒做的人，都对他竖起了大拇指。

李增勇也在帮助别人的过程中收获了快乐，感受到了自身的价值和意义。

四

在网络信息世界里，李增勇以自身遭遇和感受现身说教，无形中鼓舞和改变了很多人。有一些网友因为他而变得积极向上、阳光快乐。还有一些网友因为他由懦弱变得顽强，由胆小怕事变得勇敢有担当。总之，人们在他的身上，总是能够得到一种奋发的力量和某种启迪。

这种积极有益的交往，让当时的他也得到了一种启发："我是不是可以再学习一些心理学专业知识，然后结合自己的经历，开展免费心理咨询辅导、心灵救助服务，或许这样做既能发挥自身价值，也是一件特别有意义的事情。"

之后，他就一边用心学习心理学知识，提高专业理论水平，一边坚持在实践中不断应用和检验所学，提高心理咨询服务能力。

他向我讲述了一件不同寻常的往事。2010年5月，他的身体情况很不好，但坚持每天用他那萎缩变形且不灵便的手指，一个字一个字地敲击着吊在空中的键盘，每一个字都充满着艰难和不易。如此苦心，只为劝导一位在网吧中滞留一月之久的网友重振精神，回归正常生活。

在与这位网友聊天过程中，他得知她是陕南安康人，二十多岁，因为婚姻的失败患上了抑郁症，多次流露出自杀的想法。了解个中情况后，他非常担心。他用亲身经历去感动她、说服她，耐心地劝慰她、关怀她，让她不断感受到社会的温暖和关怀，感受到人间的真情和生活的美好，更让她感受到生命的珍贵，而不能一死了之。

在他的帮助下，这位网友后来走出婚姻失败的阴影，积极回归生活，并拥有了美满幸福的婚姻。

如今，十多年过去了，这位昔日的网友和他们亲如一家人。他的母亲视她为女儿，她待他如同亲兄弟，逢年过节她还经常看望他们，像走娘家一样。

另一个故事是发生在阎良区一位女网友身上，她和老公有一段时间相处十分紧张，因此对婚姻充满失望，甚至在心里产生了一个可怕的想法——杀了她的老公，然后自杀！

李增勇在和她聊天中没有讲人生大道理，而是真诚相待，让她不知不觉地打开心灵的黑匣子，接着让她尽情地倾倒心中积累的各种情感垃圾。

这一招很见效。李增勇的真诚和关心感动了她。她说他能诚心待她，她也该诚心待他。

其实，她与老公的矛盾很简单，一是双方父母之间不和谐经常吵架；二是由于老公对她理解关心不够；三是她在怀二胎期间患有孕期综合征。

在了解到问题的症结后，李增勇不断安慰她、开导她、鼓励她，同时联系上她的老公，劝他在生活中多关心多体贴自己的妻子……之后，夫妻之间慢慢消除矛盾，恩爱和谐。

因此，李增勇被他们两口子尊敬为"哥哥"。

还有发生在2016年的一件事，让同学们对他刮目相看。当时他还在医院住院治疗，躺在病床上的他，得知一位同学遇到困难，当即决定，要积极发挥个人的优势，组织一场爱的接力活动。

这是李增勇的一位初中同学，夫妻俩为了谋求更好出路，好不容易在浙江宁波找了一份工作，可是这位同学正在上班时却突发脑出血，抢救脱险后需要几十万治疗费用。这笔治疗费对他们来说简直是巨资，困难像山一样迎面压倒过来，一家人一筹莫展。

李增勇在与他们取得联系后，帮他们出主意想办法，及时与区电视台联系，通过媒体呼吁社会救助，又将同学家庭困难的情况汇报区残联、区民政等部门，争取救助，同时发动社会各界爱心人士献爱心，当时累计募捐资金11万多，帮助他的同学及时得到了救治。

"还帮助他们女儿所在的那所学校解决了一些小问题，又通过关系找药方、找医师，指导他做好康复，所以他们也就特别感激我。但是，我只是动了动嘴，更多的困难还是依靠朋友们的力量解决的。"李增勇坦言，后来他们一家在精神上甚至对他还有某种依靠，有什么事情都愿意给他发短信、微信或打电话。

李增勇所做的类似事情还有很多，比如阻拦了因与家人发生争吵而准备离家出走的陕北女孩；劝导了因感情不顺、工作压力太大而悲观消极的汉中小伙重新开启新的生活；劝慰鼓励身患尿毒症的四川小姑娘树立信心，坚强战胜疾病；帮助婚姻不顺的青海女孩走出情感困境……

当然，因为大家的经历都不相同，对待事物看法、想法也不尽相同，所以他每一次进行心理救助和辅导的方法也不同，但他坚持一个原则：真诚待人，全力以赴。

事实证明，李增勇的爱心和努力产生了积极良好的社会效果。多年来，他帮助了百余名网友和乡亲、同学走出困境，拥有了健康、阳光的心理和昂扬向上的生活态度，重新感受到了生活的美好。可以说，但凡见过他或了解他的故事的人，无不为他的自强所感动，无不为他的奉献精神所鼓舞。

此外，附近的中小学校还经常组织学生，去他的床前听励志讲座；很多企事业单位组织职工也去他家听他的故事，感受奋进的力量；还有全国各地很多人慕名而去，只为见证他生命的坚强和奇迹……

无疑，他是一个励志典型。

2018年，他被阎良区委宣传部、区残联、区扶贫办评为"十佳励志先进个人",还被邀请在全市残联系统进行宣讲。同年,他还被阎良区委、区政府授予"十佳脱贫先锋"称号。他的家庭先后被阎良区残联授予残疾人"爱心家庭"称号,被西安市委、市政府授予"西安市十佳励志脱贫户"称号。

当然,因为身体原因,每一次站在领奖台上为他领奖的是他母亲。

他的故事,就这样一传十、十传百、百传千千万万……

五

"在有些人看来,我经历的磨难、痛苦,百害而无一利,毫无价值,但他们不知道,正是这些磨难和痛苦将我的意志与信念变得更坚定,将我的思想与人格变得更成熟。"

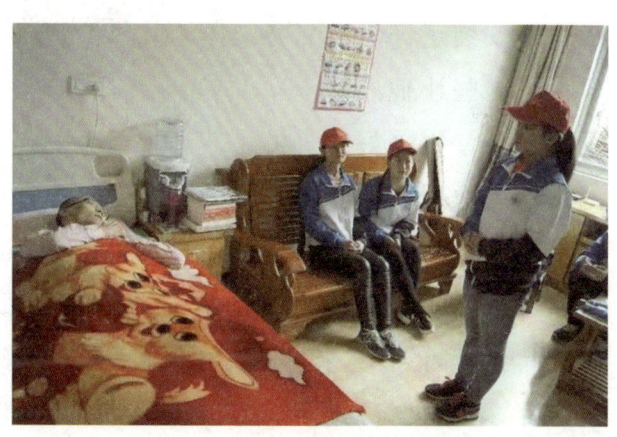

前来李增勇家听励志故事的中学生

"挫折、困难,难免让人痛苦,但当你努力克服它们,将问题真正解决了,所得到的收获与喜悦会让你觉得再大的考验都是值得的。"

"良好的心态是多么的重要啊——事实证明,无论面对怎样的困境,只要你能够保持良好的心态,不悲观,不气馁,心向阳光,就一定能够走出去!"

这是李增勇在经历种种困难后的感悟。

在坚持做心理咨询和心理救助服务的同时,李增勇还努力把自己的经历和生活感受写成文字,通过报纸、网络、广播分享给广大读者和听众。

在回忆农村生活的往事时,他写了一篇《吃水不忘拉水难》的文章,介绍他们村里过去人们取水的艰难和用水的节俭，以及后来家里打了水井，又通了自来水，再后来还安装了净水器……这些让他感受到如今幸福美好的生活就像用水的

躺在床上写作的李增勇

演变过程，总是先苦后甜。文章发表后迅速引起读者广泛共鸣。

"如诉如泣的唢呐声伴随着送葬亲人哀痛欲绝的哭声穿街而过，一些上了岁数的乡党来村里找母亲闲聊，在哀婉叹息一番逝者的悲苦命运后，他们便将话题转向自顾玩手机的我。有长辈用半开玩笑的口吻教训我说：'你一天给你妈胡搜事，嫌弃这、责怪那，要不是你妈，你娃三年早都过了！'……"在《在爱里慢慢长成》这篇文章，他深情地道出了对母亲的歉意，也深刻表达了母爱的伟大。

他在这篇文章中还写道：

十六年前阴云密布的一个清晨，那个何大夫表情凝重地用手翻看着我臀部、背部、腿部如拳头大小、有脓液流出、已发黑发臭的褥疮处，无可奈何地摇了摇头，将我母亲叫至一旁："溃烂面太大，感染部位太多、太深，医院根本没有办法彻底让伤口愈合……"他的声音低沉苍凉，像是对我生命的宣判。望着窗外被浓云遮挡得暗淡无光的天空，我想：死亡与我一步之遥！

后来，我问过母亲，当时听了何大夫的话后，心里是怎样的一种感受。母亲却极为平静，只是轻描淡写地说了一句无奈话："回到家办法就有了……"我知道，那是母亲的自我安慰罢了。时至今日，想起那些心灰意冷的日子，在面临生与死的考验之际，自己竟是那般的

无知、渺小，甚至可笑！

　　一次偶然的机会，何大夫听到我母亲说我的褥疮不但彻底治愈而且从未再犯时，竟然一时语塞，难以相信，更惊叹这不可思议的奇迹竟是由一位如此羸弱的母亲创造的。满怀着对我母亲无比的敬佩之情，他激动地对我母亲吐露了他当年未敢说出口的心里话："大姐呀，你可知道，按当时娃的病情，高位截瘫，身上大面积感染、溃烂的情况，两年是个'期限'……"他怎么也想不到，我不仅活了下来，还活得很好！

　　在看到他的情况后，我称赞他能有今天得益于他的母亲，如果不是他母亲的全身心照料和爱护，他的情况就会如同村里那些长者所说，坟上的草木早都长很高了。

　　细看他的精神面貌，我又发现他的头发整齐而干净，想到他不能下床，不能外出，而卧床理发、洗头又很不便，于是问他头发多长时间理一次，又是谁理的？答案出人意料："我妈亲自理的。"他还强调："两个礼拜理一次，我妈说短发好打理，人也显精神。"

　　我便惊叹："你妈妈真能行！"更不知，他的母亲为他理发已经十几年了，目前的手艺堪比理发师傅。

　　"起初，请理发店的师傅上门来给我理发，人家不情愿来，我妈总是软磨硬泡好久人家才答应来，可是来上一两次之后，人家不情愿了。师傅上门理一次发要三十元，我妈说太可惜了，买个推子，自己学着理发。"他的母亲在生活的逼迫下，不仅学会了许多医学护理基本知识，还成了一位理发师。

　　又看他下半身的状况，可以用目不忍睹来形容，听他说两条腿的护理稍不注意就会发炎化脓，因而需要每天抹药消炎，另外他吃喝拉撒都在床上……所以，几乎所有的事情都需要母亲来帮助。

　　在他的房间里坐了许久，我没有闻到一点点异味，这让我难以置信。在与他的母亲聊天时，看到她脸上荡漾着祥和的笑容，再看她把家里到处都收拾得干干净净，我再次被感动了。我问是不是家里要来客人才打扫和整理的，她说一年四季都如此干净卫生。"啥办法哩，每天坚持，早都习惯了，为了娃么！"

当年，李增勇的同学或亲戚家孩子都不敢多去他家，每去一次就会惹得他妈妈哭一场。他妈妈说："刚出事那几年，听谁家娃接媳妇了，或者抱上娃了，我心里就难受得很，不敢听，不想听。"

如今，一家人早已接受了这个现实，相互陪伴，虽然生活艰难倒也幸福快乐。

阅读李增勇所有的文章后，我发现他写母爱的篇幅最多，而且篇篇感人。

通过和他聊天，我得知每一篇文章他都写得十分不容易，尤其是刚开始写的时候。一位叫徐莎莎老师曾鼓励他："最开始的时候，一天比一天难；时间久了以后，一天比一天容易。"

2017年，西安市阎良区作协向他伸出橄榄枝，促使他更加努力地去学习与创作。多年来，他的作品散见《三秦都市报》《华商报》等报刊。

写作中最让他感到有价值的书写，就是给乡亲代写低保申请书等文书，让乡亲得到了方便的同时，也让自己获得了更多尊严。只要能帮助乡亲，他们找到他代写任何文书材料，他都很高兴，也会认真完成。

"多有才的一个娃啊，要不是身体这情况，肯定还会有大用。"乡亲们夸奖他的同时也流露着爱怜之情。

可是，对于李增勇来说，他不在乎别人的同情，只在乎他还有无社会作用和价值，因为这是他要追寻的生命意义。

六

话题回到故事的开头。

李增勇是西安市残联推荐给我采写的一位作家。我原以为，他虽然身体残疾，但起码生活能够自理，却不知他是一位高位截瘫患者，曾经除了头部能自由活动，脖子以下毫无知觉，而且两腿经常发生溃烂。后来通过一次手术治疗，他的两只手臂和两只手的几根指头勉强能够活动。

在了解了他的现状之后，对于他究竟写了多少作品，写得多么好，我没有继续深入去探究，而是被他身残志坚的品质深深折服。

他的故事告诉我：人生没有理由不积极奋发进取！

在他的房子里，我还看见墙壁悬挂着一位书法家的墨宝：自胜者强。这四个字不正好反映了他的精神内核吗？

在这次的交流中，我主要是聆听他说话，并没有向他提问或者引导话题，甚至在刻意回避他对未来的安排或设想，然而他却主动对我说了他的设想，且神态坦然。"我已在2013年7月4日签下了中国人体器官捐献志愿书，只等待朋友在某个时候去阎良遗体捐献办，为我代领一份捐献证书。"

采访归来，我经常在朋友们面前感慨：面对李增勇的坚强乐观，你会知道自己是多么懒惰、多么颓废；听他对命运的安排，你会知道自己的格局、视野是多么狭隘；看他对社会的感恩和奉献，你会知道自己是多么贪心、多么冷漠。

然后，再看看他的身体和生活现状，你会感到自己是多么富有、多么幸福。

我特别欣赏李增勇说过的一句话："坦然面对人生的不幸，身体残疾了，但意志不能残疾；身体瘫痪了，但生活的热情不能瘫痪。即使做一颗流星，也要发出璀璨的光芒！"这是令人多么长精神的话语啊，它长长久久回荡在我的耳边。

一位世界女冠军的追求

"每一天活着,就是为了克服困难,解决问题,然后获得开心快乐,这就是人生。"这是一位世界射击运动冠军张难五十多年的人生感悟。

"瞄准,射击,感受自己的心跳。枪响的那一刻,觉得整个大地都在苏醒,万物开始生长,包括我的身体也在生长。"21岁时的一次偶然机会,张难与射击运动结下了不解之缘。

此后28年,她在奋斗拼搏中一路斩获多枚奖牌和多项荣誉,连续参加五届残奥会、七届全国运动会,多次在全国和世界体育赛事中摘得金牌。1994年她在远东南太平洋残疾人运动会上摘得两枚金牌,并打破一项世界纪录,成了赫赫有名的射击"世界冠军"。

体育运动赋予了张难生命存在的意义,正如她自己所说:"打破命运的束缚,迎难而上,不断成为更好的自己!"无论是在体育运动中，还是在人生漫长的旅程中，她都始终坚持如此，而且乐在其中。

一

20世纪60年代末，张难出生在西安东郊一个普通工人家庭。她的母亲是一名纺织女工，虽然没有高学历，但依靠心灵手巧和踏实苦干，先后获得"陕西省劳动模范""陕西省优秀共产党员"等荣誉称号。她的父亲是厂保卫科的一位干事。家庭环境虽然清贫，但一家人过着安乐的生活。

在她要学走路的时候，一场高烧使她落下了小儿麻痹后遗症，此后就成了一名行走不便的残疾人。

幸运的是，她的童年生活一帆风顺，双腿残疾并未给她的生活或自尊心带来多大影响。她天性活泼，小伙伴们都很喜欢和她在一起玩耍。在她年少的记忆中，好像没有发生过不开心的事或者处于不开心的状态。

小学一年级，她被老师选为班长，爱学习，且学习好，也和同学关系处理得好。因此，虽然她行动有所不便，但是大家都会热心帮她，或者帮她拿书包，或者帮她完成其他事情。学生时代，她的各种表现和学习成绩一直得到老师和同学们的认可，同时大家的关心和爱护也并未让她感受到社会有什么不公平，甚至她认为自己跟别人没什么差别，自己很幸福。

虽然家里子女多，但母亲在各个方面都一直偏向她，平时经常向姐弟们强调要帮着她、照顾她，所以她在家里也从未受过委屈。全家人对她宠爱有加，让她得到了别样的温暖。

回忆这一段生活，她说那时候自信满满。

然而现实十分残酷。在将要参加高考的时候，她第一次体会到残疾人与健全人的差别，感受到了命运的无情和人生的不平等。

当时，她所在的班级是重点中学的理科尖子班，她的学习成绩非常好，但摆在面前的现实是因为身体残疾，即使她的高考成绩过关，也没有学校会录取她。同时，相关部门要求她所在的学校的升学率必须达到100%。在这种情况下，如果让她参加高考，学校就不能保证100%的升学率。所以，学校老师很无奈地劝她提前退学，放弃高考，学校可以把高中毕业证发给她。

后来，班上的59个同学在当年都考上了大学，唯有她被挡在了大学校门之外。

当时，她也没有去领取高中毕业证，带着失落和迷茫回到了家里。生活翻天覆地的变化让她在那一瞬间觉得自己像是被社会遗弃了，她的情绪由此开始变得极其低落，也对未来的人生充满了失望，甚至绝望。

"突然发现这个社会是不喜欢我的，也可能不会给我一条生路，当时心里非常痛苦，无以名状。"张难回忆那会儿的境况时说。

疼爱她的父母鼓励她、鞭策她。

生活在城市，首先要有生计，这就要求她要去找工作，但是很多单位都不愿意接收她……

走出校门，踏入社会，她感受到人生是如此艰难，特别是对一个残疾人而言。因此，她将自己名字"张楠"的"楠"改成了"难"。

从此，她下定决心要探索出一条自己的生存之路。

二

如何找到一个适合自己的生计？张难和家人可是动了一番脑筋。

经过亲朋好友的参谋和市场调查，他们一致认为，"裁缝"在当时是一门流行的专业技能，而且适合女孩子。

张难清楚只有依靠一门技能才能独立生存。拿定主意后，她在父母的支持下，便开始购买相关书籍和缝纫机等设备，在家里自学裁剪缝衣技术。在学懂弄通了理论以后，先尝试为家人做衣服，继而便帮着亲朋好友做衣服。在不断地实践中，她的缝纫技术水平不断提高。

由于拥有这项技能，她顺利被母亲所在的纺织企业组建的一个服装厂招录，成了生产流水线上的一名女工。

虽然有了一份工作，但她在实际工作生活中逐渐感受到，随着经济社会发展，未来如果没有大学学历，那将没有发展前途。意识到这个问题后，她对未来产生了一种使命感。幸运的是她赶上了好机会，当时很多大学针对成人教育开展了一种叫"半脱产"的学习形式。西安市广播电视大学中文系也有这种学习形式，经过思考之后，她决定复习报考。这一次，她的大学梦实现得很轻松，因有扎实过硬的高中生基本功，她以优异成绩通过成人高考，顺利被录取。

之后，她一边在单位努力工作，一边坚持去学校听课读书，辛苦而又快乐着。

为了取得"货真价实"的学历，在读大学四年里，她的工作和读书情形常常是这样的：有时候，早上在单位上班，下午去大学上课；有时候，早上去大学上课，下午回到单位上班；有时候，白天去大学上课，晚上在单位加班完成任务。

如今看来，她那个时候能够读大学，还得感谢当时服装厂实行的任务考核管理制度。有时候，她早上去学校上课，可能一直持续到下午才能结束，车间的同事们就会把最后一道工序留给她，当其他所有人完成各自的工序以后，将那只差一道工序的半成品衣物堆放在那儿，就像一座小山一样，只等她放学后赶到厂子里去独自完成。很多时候都是她的母亲陪着她一起，直到晚上十点多或十一点完成当天的工作任务。如此，第二天才能继续去大学上课。

就这样，她坚持了四年，虽然很辛苦，但她觉得这些都是值得的。既没有一门功课需要补考，也没有一门功课分数很低，她各门功课都取得了优异成绩，并顺利拿到了中文专业大专文凭。

"当时年轻，精力旺盛，也没有觉得有多么难。"张难回忆当时的工作学习经历，心底似乎还荡漾着一种快乐。

当时之所以选择学习中文专业课程，一方面是因为她希望自己将来能够从事跟文字打交道的体面工作，另一方面她也在努力把自己塑造成为一名"文化青年"。除了一边工作一边学习，她还挤时间写一些散文作品，向很多报刊投稿，包括在《陕西工人报》等报刊上发表过一些篇幅较短的散文。

曾经，她写了一篇散文，题目是"说真的……"，文章内容只是抒发了自己的一些真实生活感受，未想到在公司青年文学大赛中获得一等奖，当时为她颁奖的人还是青年们崇拜的著名作家路遥呢。

这一次获奖，让她生出了当一个作家的梦想。

生活的磨砺让她懂得了命运的残酷。比如，不是你英语学得好，就可以去做翻译工作，也不是你学习了会计专业，就一定能够去做会计工作；不是你语文学习好，作文写得好，就可以去当作家；也不是你几篇散文写得好，就可以去某单位做文字工作……

如张难所想，她在取得中文专业大专学历之后，并没有如愿在某个企业或单位从事文字工作，但她明白了——读书不仅在于获得知识，更在于通达明理。

此后，尽管她所从事的工作还是过去的工作，但她在其中领略了比别人更多的生命意义。

三

命运有时候也很奇怪，当你在努力的方向上停滞不前时，却可能在另一条路上奔驰。

1989年的一天，一个非常偶然的机会，张难在街上被陕西省体委的一位教练无意间看中。这位教练很认真地问询她："你可不可以去参加一个残疾人体育射击运动？我们现在正招收队员……"

"我不去！"张难回答得很干脆。

当时的她并没有认识到这是一次天赐的好机会，因此冷漠地拒绝了这位教练。在她此前的浅见中，认为自己今生注定与体育无缘。原因有三：首先自己是个残疾人；其次她在体育方面从来没有显露出任何特长；第三她不喜欢体育运动，并且内心对体育是排斥的。

真是运气来了，撵都撵不走啊。她虽然果断拒绝了，但这位教练却坚定地认准了她。随后，教练就去了她所在的单位找她，继续劝说她报名参加体育运动比赛，同时又做单位领导的思想工作。后来单位的领导打消她的顾虑说："那你就去吧，单位还保留你的工作，说不定这是一次更好的发展机会。"

单位领导鼓励她去，这就成了一项政治任务。她拗不过，就去了。

走进陕西省体委训练阵地，第一次见到真枪、第一次使用真枪时，她怎么都不能相信自己会与射击打上交道。此前，她只是在电视里见过枪，观看过射击节目，而眼前却是真实发生的，自己就是"枪手"。

与现在相比，那个时候的射击枪非常简陋，让人很难掌握使用。她在教练的精心指导和严格要求下，进行了二十多

射击训练中的张难

天的封闭式训练，然后就被体委的老师们带到南京参加了当年的全国射击项目比赛，一举摘得了金牌。当时，她感到自己是稀里糊涂地获得了冠军，而她的成绩却充分证明了教练的眼光。

全国项目比赛冠军！这在大家看来不是一个轻易就能取得的优异成绩和耀眼荣誉，然而她却并不想在这条路上坚持走下去。

"取得全国第一名的好成绩，就算我完成任务了吧，然后我就可以回家，以后再也不用来参加这项比赛活动了吧？"她问教练。

命运已经将她推上了这个人人瞩目的竞技舞台，岂能由她任性呢？

尽管她不喜欢，尽管她想退缩，但是获得全国冠军这个荣誉之后，

就注定了她以后"再也不用来"是不可能的。此后，只要有全国或国际体育项目比赛，省体委的教练就会找到她的单位，而单位领导就会习惯性地对她说："你去吧！"

就这样，她走上了射击之路，奋力拼搏了整整26年，取得了光彩夺目的成绩。

1990年她参加西安射击运动比赛，摘得"一金一银"两块牌子。此后，几乎每年她都会参加各种射击比赛或加强训练。特别值得一提的是，1992年，她在全国射击锦标赛上摘得2枚金牌；1992年，她参加了西班牙巴塞罗那残奥会；1994年，她在远东及南太平洋地区残疾人运动会上摘得2枚金牌，并打破一项世界纪录，被授予"全国十佳运动员"称号，在人民大会堂参加表彰会时，受到了党和国家领导人的亲切接见；1999年，她参加新西兰世界轮椅运动会射击项目比赛，摘得4枚金牌；2000年，她参加全运会射击项目比赛，摘得2枚金牌。

2008年北京奥运会之前，她还担任过国家射击队的助理教练，后来在省上也带了一些队员，其中商洛市丹凤县的一个女孩在2012年伦敦奥运会上摘得50米射击项目银牌。

世界冠军领奖台上的张难

她的微信朋友圈有一个视频相册，展示了她曾经获得的各种荣誉证书和奖牌，比如：全国先进女职工、全国残疾人体育先进个人、陕西省残疾人十强、陕西省自强模范、三秦巾帼十杰、陕西省十大新闻人物、西安市十杰青年、西安市优秀女性、西安市自强模范等等。

回顾以往的经历，张难深情地说："比赛是一件非常残酷的事，虽然获得了好多荣誉，但是内心总有一种痛，就是觉得比赛很伤自己，也很伤对手。"她又解释："如果自己赢了，看到对手难过，自己也会很难过，因为对手其实也付出了很多，甚至可能比自己付出的还多，只是在比赛的这一瞬间没有把握好或发挥好。自己要是输了，也会很难过，觉得自己在一年多或者更长时间里的付出没有得到应有的回报，无论怎么安慰自己，心里都会不舒服。"

因此，她说："作为一名观众，在观看体育赛事的时候，更应该看到运动员获得金牌、银牌背后的那一种坚持、那一种精神，而不是只关注他们成功和失败的那一瞬间。其实，体育竞技比赛中，成功和失败有很多偶然性，就是人们常说的'有很多的运气成分在里面'。每个人都付出了很多，比赛取得成绩第八名或者第十名的运动员，其付出也可能比第一名的运动员还要多，他们平常的技术水平或者专业技能可能比第一名还要高。"

四

命运似乎在冥冥之中早有安排，只是张难没有意识到而已。

那是1985年的春天。她刚从学校走入社会，还没有找到工作。因为在学校当过班长，所以有一定的组织号召能力，于是她组织号召居住地附近的残疾人互相帮扶，并计划在东郊纺织城成立一个残疾人组织。

当时，为了唤起人们对残疾人的关注，她出面跟西安市体委联合发起了一项活动，组织10名残疾人到北京参加马拉松国际邀请赛。这一群残疾人都没有工作，处境也很艰难，为了证明他们的自强自立，大家相约一起摇着各自的手摇车赶到北京。

他们说到也做到了。从西安出发，整整用了29天时间，他们硬是把手摇车摇到了北京。这件事经过媒体报道，当时在社会上产生了很大轰动。

其中有一个插曲。这支残疾人手摇车队从西安出发以后，西安晚报刊发了一则消息，住在西安西郊的王延看到这则消息以后，瞒着家人，摇着手摇车紧随其后追赶而去，中途乘坐了一段便车，在河南赶上了这支队伍，然后这支队伍就变成了11人。

张难与王延因此次活动相识。

这一次北京之行，他们有幸在北京体育场参加了一场体育盛会；而且还得到了中国残疾人福利基金会邓朴方、全国青年学习榜样张海迪的接见，还在对方的安排下游览了长城……他们不仅开阔了眼界、增长了见识，还受到了极大鼓舞。

更幸运的是，北京之行成为王延与张难未来爱情的起点。

北京归来之后，她与王延因为都在西安电大半脱产读书，而且都热爱学习、热心残疾人公益活动，所以经常有思想交流和书信往来……

因为情趣相投，所以日久生情。

王延的身体残疾程度比张难要严重很多，在得知他们恋爱之后，张难的家人怎么都不同意。

或许是爱情的力量，也或许是新时代的青年对自由的向往，张难背着家里人，勇敢地与他走到了一起。

婚后，她对老公王延的事业非常支持。在成立西电残疾人服务中心之后，王延积极为残疾人做了大量的工作，解决了很多实际问题，受到企业、残疾人和社会多方面称赞。

之后，王延还担任了中国残疾人联合会肢残协会副主席，工作越来越忙，他要不停地到外地出差，而她也要不停地参加体育项目比赛或训练，因而两人在家里一起生活的时间也很少。

有了孩子之后，双方父母便来帮忙照顾孩子，所以并没有影响到张难在体育运动方面的发展。

在第一次比赛拿了全国冠军之后，教练偶然得知她有小孩后很惊讶，随之赞叹："一般结婚有了孩子的人，很难静下心来去做一件事情,尤其是射击项目,训练需要全身心的投入,心里面不能有任何杂念,而她却能做到全神贯注,专于一事。"

"我这个人啊,性格比较要强,决定做这件事情的时候,就希望能够做到最好!"张难说,"就是与别人做同样一件事情,我可能会比别人多努力一些,这已经成了一种习惯。"

在人生奋进追求的路上,其实她一直是争强好胜的。她认为,人生只有不断地克服困难、解决问题,才能获得开心快乐。

五

自驾车旅游途中的张难

张难在退休之后,也没有停止服务社会,她积极发挥个人所长和优势,发起并组织开展服务残疾人公益活动。在西安市莲湖区残联的领导下,她发起成立了莲湖区残疾人文体协会,至今还担任着这个文体协会的柔力球队队长。

她希望把自己所在的莲湖区这一片的残疾人组织起来,让他们走出家门参加一些体育锻炼和社会活动,而不是每天都待在家里发呆或看电视,她希望通过一些丰富的文体活动,让他们的生活能够有一些改变。

最初成立这个柔力球队时,只有七八个残疾人参加。省上特意安排了老师教她们打柔力球,目的是让她们活动一下上肢。之后,她们经常去参加一些节目表演和社会活动,随之社会影响越来越大,参加球队的人便也越来越多。

这些队友们基本都是二十世纪五六十年代出生的人,有的已经退休,有的将要退休,他们很多人此前在面对退休生活时都非常茫然,自从参加这个组织之后,不仅认识了很多同病相怜的朋友,在一起可以相互敞开心扉,诉说各自的感受,而且通过这种体育项目,他们的身体状况也有了一些明显的改善。

如今，经过十多年的发展，这个团队成员达到了100多人，经常参加活动锻炼的有六七十个人。后来，西安各个区都有残疾人加入他们团队。

协会的活动除了柔力球，还有健身操、太极拳、扇子舞之类的项目。有时他们邀请老师来专门对成员进行辅导，有时候他们还自编自创文体节目，总之坚持每周都有训练和各种文体活动。

做这些公益活动，张难不是为了图热闹，而是认为这是一件有意义和价值的事情。她想通过这些公益活动把体育精神传递给残疾人朋友，希望他们做任何事情要有一种不屈不挠、力争上游的精神。同时想告诉大家："不要觉得自己什么都不行，什么都比别人差，把这种心态改变了之后，精神面貌随之也会发生很大变化。"

正是在这种思想的推动下，张难尽量带他们走出去多参加一些文体表演或者比赛活动。她发现他们每次都非常激动，因为登上舞台之后，他们感受到了大众对他们的欣赏和认可，回去以后也会跟自己的孩子说"我今天上台表演了"，被需要、被认可、被点赞的这种感受，

张难的画作

对于他们中的有些人来说，可能一生少有。"虽然我觉得这个事情很小，但是实际上对大家心灵的改变是很大的。"她说。

多年来，她看到身边的很多残疾人都有不同程度改变，比如他们过去觉得自己是残疾人，总是被别人帮助着，而这些年，他们也做了很多公益，比如公益演出，或捐款帮助一些更困难的残疾人……在做这些事情的过程中，大家都收获了很多自信和快乐，发现自己也是一个对社会有用的人。

此间，最有成就感、最快乐的人就是张难了。

张难与轮椅柔力球队成员

六

退役之后,除了组织开展或参加公益活动,张难还把自己的精神追求交给了书法和绘画。

由在体育赛场上的追逐到醉心于书画,对张难而言,只是换了方式而已,本质上她还在奋斗,还在朝着理想迈进。

此前多年,从这个赛场到那个赛场,她虽然赢了很多奖牌,但心里也有很多伤痛。她将精力投入到写字画画中,觉得在其中自己可以全身心地安静下来,在这个过程中她感受到了别样的快乐。

过去她手中握的是枪,如今手中握的是笔。枪很重,笔很轻,但手握着它们,都需要把握一个"稳"字。这是张难对二者的体会。

"如何稳?"

"不管是拿起枪还是拿起笔,当你的心静下来,你就能够专注做任何一件事情,并且都会做得很好。"

她之所以退休后创作书画,根本原因就是内心里非常喜欢这些,而过去没有时间和精力去做。"我觉得人生每一个阶段都有任务,如果在这个阶段要做的事情没有做好,那么以后用其他方式补偿的时候,就会很吃力,甚至是浪费时间。"

或许,张难还应该成为一名作家,她总结了很多宝贵人生经验和智慧——

"如果在人生的每一个阶段,把该做的事情做到最好,那么你的人生可能就会减少一些遗憾,就会少走一些弯路。当然人生没有最好,只有更好。"

"目标不要定得太高,否则就成了好高骛远。也不要去追求遥不可及的理想，这样对自己来说很痛苦，要务实勤奋，每一天把自己该做的事情做到最好，然后飞翔的翅膀就会越来越丰满，想要得到的东西距离自己也会越来越近。"

"我觉得，人活一辈子，就是不断战胜各种困难。永远一帆风顺是不可能的，即使存在永远的一帆风顺，那生命也就没有了意义。如果某件事情很艰难，你在坚持完成了以后，就会有一种快乐的感觉。因为你战胜了它，所以你就快乐。"

张难与孙女

"如今年轻人比较浮躁，觉得有金钱就一定有幸福。实际上，并不完全如此，有金钱可能会幸福，但是忙忙碌碌只是为了挣钱，到了安静下来的时候，便会发现人生有很多遗憾。"

在张难心里，她的丈夫王延所做的每一件跟残疾人有关的事情都比家里任何一个人的事情重要很多。"他虽然付出了很多，但是他实现了自己的人生的价值。一个重残人帮助了很多很多人，包括健全人，他觉得人生活得很有意义。"

她与老公王延在事业上实现了"比翼双飞"，如今她们的儿子拥有娇妻和心爱的女儿，一家三口的小日子幸福甜蜜。生活对他们来说，目前很幸福美满。

她说："我的生活现状大概就这样子——读书，练习书法，画画，品茶，买菜，做饭，遛狗……在真实的人间烟火里，安静地过每一天。"

"拼搏了一辈子，这种岁月静好就是我最理想的生活状态。"她淡然地说。

没有翅膀也要飞翔

如果童年时没有发生那一次意外,姚伟的人生或许另有一番灿烂的景象。

可是人生没有假设,没有如果,每天都在不可逆转和不可反复中,上演着喜怒哀乐,或书写着酸甜苦辣。常言道,人生不可能一帆风顺。如何应对人生中的各种意外,如何在艰难中奋起?这对每个人来说都是考验。

姚伟用他的人生历程响亮地回答了我们。

1994年,他被省残联授予"陕西省残疾人十强模范"称号;2010年,他被西安市委、市政府授予"西安市劳动模范";2012年,他被省委、省政府授予"陕西省先进工作者";2012年、2013年,他先后被省、市文明办评为"西安好人""陕西好人";2015年5月,他被党中央、国务院授予"全国先进工作者"。中央电视台及省、市多家新闻媒体对他的事迹做过专题报道……

一

1974年11月26日，姚伟在西安出生。其时虽然进入了寒冷的冬天，但是他的到来，带给了家庭无比的温暖和幸福。

他的母亲是西安人，父亲是汉中人，同属于延安南泥湾农业生产建设兵团劳动生产一线的战斗者，所以他在出生后不久就被带到了南泥湾。

后来，父母所在的建设兵团更名为"陕西农垦总公司"，父母也被分配到该公司下属的陕西韩城水泥厂上班，他便也跟随父母到了韩城生活。

在韩城，姚伟和厂里同龄的职工子女们一起高高兴兴上了学前班。此时，小他五岁的弟弟出生了。

那个时候，孩子们如在林中的鸟儿，经常三五成群地在一起玩耍，大人们并不严加看管。聪明调皮的姚伟，常常不打招呼就溜出家门，自个儿找伙伴玩耍去了，而父母对此也习以为常。

童年的姚伟（右一）

学前班结束的这一年暑假，一天中午，贪玩的姚伟趁着父母睡午觉的时候，偷偷跑出了家门，去找同班一位男同学玩耍。这个同学的父亲带着同学兄弟两个住在水泥厂变电所的值班室。

其时年纪尚幼的他们，不懂得电的基本知识，更不知触碰高压电的危害性。没有玩具，也没有游乐场，厂区内外任何一个可以到达的地方都是他们的乐园。没有多想，他便和同学顺着坍塌的围墙豁口处，进入了变电所放置变压器的区域。见地上长满了绿油油的各种青草，他们便在地上拔青草，小姚伟以为旁边的那一小一大两个"铁疙瘩"会"吃"青草，便拔了一些青草，先是放在那个小"铁疙瘩"上，没有感受到任何安全威胁后,他又踩在其上,向大"铁疙瘩"上面放青草。他本来想着要是这个大家伙"吃"了他送到嘴边的青草,那将是多么好玩啊。

偏偏就是这个天真的想法和举动,让他被这个大"铁疙瘩"甩到了 3 米开外的地方,瞬间失去了任何知觉。天真的他不知道的是,这个大"铁疙瘩"是带有 3.6 万伏高压电的变电器,而那个小"铁疙瘩"之所以对他没有造成伤害,是因为那是一个坏了的小变压器。

等有了一点点的知觉时,他发现自己正被一辆大卡车拉着送往西安的西京医院。

当时,虽然他被第一时间送到韩城矿务局的一所医院救治,但因为伤势过重和医疗条件有限,医护人员做了急救处理后,便建议他的父母将他及时转送省城大医院治疗。

他们所乘坐的这一辆大篷车,还是热心的水泥厂领导高度重视,安排将一辆拉水泥的卡车临时进行改装,在车兜里搭了棚子,避免他们在路上风吹雨淋。

汽车在颠簸的山路上向西安行驶着,他的母亲一直在流泪,父亲心情沉重低头不语。

进入西京医院后,他被安排躺在医院的过道里等待救治,他记得有一个医生用手翻看了一下他的眼皮儿,看他是否还活着。这是他第二次有知觉,然后就处于严重昏迷状态,睡了三天三夜。

他的这一睡,让母亲哭肿了眼睛。

主治医生给了两种方案:一种是马上手术截肢,但是结果不乐观,很有可能他从手术台上再也下不来;另外一种,就是采取保守治疗……然而无论哪一种方案,他的双臂都将保不住。更令人担忧的是,他的生命随时都将再一次发生意外。

看到他的双臂惨状和昏迷状态,父母对他的生命已经不抱任何希望,并在悄悄地为他料理后事,甚至把他原来穿的有些衣服和照片都烧掉了，以至于目前仅存有一张他小时候肢体健全的照片。

幼小的他当时心里没有死亡的概念，亦不知惧怕。昏迷三天后，他醒过来了。"妈妈，我的作业做完了没有？""等我的病好了，我要去上学！"当时，他还不知自己伤情十分严重，刚从死神手里逃出来。

可怜天下父母心。母亲望着他，心里难受得无法回答。不幸中的万幸，他总算是活过来了。

再三思考后，父母选择保守治疗。

然后，父母带着他离开了西京医院，回到了韩城，按照医生的叮咛，在厂卫生所天天打消炎针。

在这个过程中，姚伟才意识到他的双臂虽然还在，但是已经没有了任何知觉和用处。他发现自己的皮肤一天天在不断变色，由发青到发紫、发乌、发黑。这其实是因为双臂内所有的细胞，包括骨头都已经坏死。

半年后，他的双臂完全从肩膀处自然脱落。但令人欣慰的是，他的身体奇迹般逐渐恢复了健康。

后来他得知发生电击事故的这一天是1980年7月12日，当时他还不到6岁。在成人看来，失去双臂就像幼小的鸟儿失去了飞翔的翅膀，不仅生活将不能自理，而且需要他人陪护一辈子。

幼小的他，当时对于失去了双臂，并没有他人想象中的那么痛苦不堪，还依旧保持着阳光般的快乐情绪，对未来的一切依然充满了无限向往。这是多么珍贵而又顽强的生命成长姿态。

二

转眼一年多过去了，7岁的小姚伟到了该上小学的时候。父母尽力回避着上学这样的话题，生怕伤害了他幼小的心灵。在父母的眼里，只要他的身体能够健康起来，就是一家人最大的欣慰。

身体虽然落下了残疾，但是姚伟的智力并没有受到影响，而且思维比同龄人还要活泛。尽管父母不提上学的事儿，但他却能够想象和感受到上学的快乐。

那些过去围在他病榻前的小伙伴们忽然就少了很多，而且来看望他或与他在一起的次数越来越少了。他知道他们都上学去了，放学回来还要做作业。

平时躺在病床上，或者走在厂区里，他感到自己仿佛被这个世界丢弃了一样，一种说不出来的孤独感在他幼小的心灵油然而生。他也知道自己失去了双臂，而且伤情没有完全治愈，但就是十分渴望和伙伴们一起走进学校，去享受校园读书生活的乐趣。

"妈妈，我也要去上学！"有一天，他鼓足了勇气，向妈妈说出了想上学的愿望。

面对儿子的这个美好愿望，如果不是他的身体原因，那么妈妈该是多么高兴呀。可是，妈妈不得不罗列许多困难以打消他"不切实际"的想法，甚至违心地编造上学并不好的许多故事来安慰他。

实在不耐烦了，母亲忍着难受的心情反问他："要上学，每天就得写许多作业，可是你怎么写呀？……"母亲希望他能面对现实，打消上学的想法。

未料想到，听了母亲的一番话，小姚伟上学的愿望变得更加强烈和坚定，他回答母亲："妈妈，我没手，可我有嘴，有牙，我用牙咬着笔可以写作业呀！"

小小的姚伟已经懂得这个道理：在没有双臂的情况下，只要学会写字，能够完成作业，就可以上学。因此，他一边说一边用嘴巴噙起一支笔，就给母亲演示了起来："不信？妈妈，你看……"

母亲被儿子的言行折服了。

父亲亦为儿子的信念感动。

从这一天起，父母支持鼓励小姚伟用牙咬着铅笔练习写字。

为了能够早一日上学，伤情还未痊愈的小姚伟不分白天黑夜地练习写字，但是新的问题很快又出现了。第一个问题是，由于用牙齿咬着笔写字，眼睛距离作业本和书本都太近，练习时间稍微一长，便感到头晕目眩，腰酸背痛，只能休息好一会儿才能继续练习；第二个问题是，因为写字时要用力，铅笔杆儿很快就被牙齿咬坏了，弄得满嘴的木屑和铅，十分难受；第三个问题是，费了九牛二虎之力写出的几行歪歪扭扭的字，常常被不听使唤的口水浸湿了。这些令姚伟非常伤心。

看到小姚伟如此艰辛，父母都心疼不已，却没办法帮他。

用牙咬笔写字的失败使姚伟的心情非常沮丧，同时也使他认识到这种练习写字的方法不实用，但是他并没有放弃。他开始慢慢地思考和寻找新的办法。练字虽然没有取得成功，但是他在父母的教授和小朋友们的影响下，认识了不少汉字，并学会了拼音识字方法，甚至能读书看报。

一个偶然的机会，他看到一本杂志上刊登了一个真实人物的故事及图片，这是一个和他一样失去双臂的残疾小伙，用脚练习写字而且取得了成功，这无疑给他带来了极大的希望。"他能够成功，我也一定能够学会用脚写字。"小姚伟当时在心里暗暗地发誓。

但是，实际练习起来并不容易。首先，脚趾不能自由张合，他就用左脚趾掰开右脚趾。脚趾的力量不够，他就经常特意用脚趾多拿一些东西来练习脚趾的灵活性和力量。为了尽快掌握写字的方法，他甚至让父母把铅笔固定在他的脚趾中间，防止铅笔脱落，然后坚持继续练习。

母亲被儿子的坚定决心打动，有空的时候就用手握着姚伟的脚，一笔一画地教他练习写字。经过一段时间的练习，小姚伟由慢慢地用脚趾能够夹住笔，到后来能够画出来字体的形状，再后来画出来的字让人能够依稀可辨，最后能够练习把字写到小方格子里去。这是一个他人无法体会的艰难过程。这期间，他的身上还有五六处大的伤疤没有完全愈合，他是一边养伤，一边练习用脚写字。难以想象，一个伤痛中的孩子，为了不间断锻炼脚趾的自由张合，练好用脚趾夹笔写字的本领，冬天能够坚持不穿袜子，裸露在外的双脚常常冻得又红又肿……就这样，经过一年多的不懈努力，他终于学会了用脚写字、刷牙。

不仅如此，他还学会了用脚翻书，这样既可以使得眼睛和书本保持较远距离，避免了用牙咬笔写字头昏眼花或口水弄湿书本，又能够长时间写字和读书学习。

学会了用脚趾夹笔写字，小姚伟和父母别提有多高兴，因为这意味着他可以上学了。

三

当姚伟努力学习用脚写字，觉得能够完成作业就可以轻松上学的时候，他才发现事实并非如此，是自己想得太简单了。

母亲带着他几乎走遍了附近所有的学校，可是没有一所学校愿意接收他入学。原因并不是他不会写字，完成不了学习任务，而是他身有重残，如果让他入学，在学校期间他的安全会存在许多隐患，而这个责任没有谁能够担负，不仅如此，他在学校也有很多的不便。

面对小姚伟求学的饥渴心情和学校屡屡拒收的现实，他的父母没有放弃继续努力。后来，一所乡村小学接纳了他。这所小学名字叫"韩城县苏东乡赵村小学"。

这是 1983 年 10 月下旬的一天，姚伟终于如愿以偿地背着书包走进了这所小学的大门。此时他已经 9 岁。

至今，他仍然记得那一天下着蒙蒙秋雨，天气已经变凉，虽然比其他孩子入学晚了很多时间，但毕竟可以坐在学校教室里了，他那种高兴的心情无以言表。

更让他感动和感到温暖的是，老师和同学对他的到来表示特别欢迎，班主任老师还叮咛同学们多多帮助他，这让他有了集体归属感，更加激励了他克服困难坚持上学的信心。

为了写字和读书方便，从小学、初中到高中读书阶段，姚伟几乎是不穿袜子的。所以在冬天的时候,他的脚总是被冻得又红又肿,甚至冻裂,严重的时候,能看到鲜红的血肉,其中的艰辛只有他能体会。

待到春暖花开之后,冻疮慢慢愈合,而其间皮肤却会时常发痒。为了安心听课,他便用两只脚互相来回地摁、挠、搓,导致疮伤口发炎,甚至流脓。尽管很疼,但他仍旧坚持每天穿鞋走路,按时上学下学,从不旷课、迟到。

小姚伟虽然因受到电击的严重伤害失去了双臂,但万幸的是他的大脑并没有受伤,所以姚伟的智商并不比别人逊色。尽管他已学会包括"以脚代手"在内的许多本领,但是在生活中还必须面对很多实际困难,比如上厕所不方便。于是,在整个求学阶段,他很少喝水,也很少吃流质食物,这样能够减少上厕所的次数,也减少了麻烦别人的次数。

随着年龄的增长,他慢慢地明白,现实生活中,如果面对出现的新困难无法克服,那么他之前的所有努力就会白白浪费掉。起初,他每天坚持到学校,并不是有什么远大的理想和抱负,只是想接受学校教育,和同学们一道享受校园生活的乐趣。但是在经历了求学的各种困难之后,他在心底告诉自己:"我一定要珍惜来之不易的学习机会,为以后的生存之路奠定一定的基础。"

他顺利完成了小学学业,并以全乡第二名的成绩升入初中。

升入初中后,如何用直尺、三角板、圆规等用具画出几何图形等,又成为小姚伟需要克服的新困难。为了能在本子上画出标准的几何图形,他反复练习,双脚多次磨出了血泡,还时常被圆规尖针扎破,一不小心脚上的小血珠就会滴在作业本上。不想落后的他,为了坚持给老师交一份整洁、合格的作业,便撕掉了被染血的纸张,重新再写⋯⋯漫漫求学路上,他克服了种种常人意想不到的困难,非同寻常的毅力让所有老师和同学深感震撼。

初中毕业,他又以全校第四名的成绩考入了陕西省煤炭系统重点高中——韩城矿务局第一中学。

此时，很多熟悉的人在背后议论：一个失去了双臂的孩子，能够坚持上完初中就已经不错了，再上高中，即使考了大学又能怎么样？……在这许许多多的话语里，有真诚的关心，也有冷嘲和不屑。

"未来社会发展比拼的是知识和智慧，而不是体力！"姚伟对未来的认知和判断感动了父母，也坚定了他们的信心。父母决心支持小姚伟到底，一定把他培养成人。

四

"我要证明给社会看，我要成为一个自食其力的人，而且还要成为一个对社会有用的人。"姚伟的信念没因闲言碎语和冷嘲热讽而动摇。

在父母的内心里，又是多么希望他能够自食其力。如果他不能这样，那么在父母老去的时候，谁能够照顾他的生活呢？

那是一个皓月当空的夜晚，姚伟一个人站在这所重点高中大操场一角的水泥石栏边，新的环境，新的感受，让他不禁有些出神。远处，灯火阑珊；近处，洒在校园的清辉让夜晚显得十分静寂，而他任思绪飞扬到远方。

一阵冷风吹来，他忽然清醒过来，意识到一个重残青年，要想有所成就，至少要能够自食其力，而靠体力显然不可能，只有学有所长才行。"现在考上了重点高中，接下来就一定要考上大学，要让知识为自己的理想和残疾之躯插上双翼搏击长空……"他在心里告诉自己，这是改变命运的唯一途径。

离家较远，加之学业繁重，上了高中的姚伟不得不选择住校。好在有同学们的无私帮助，在学校食堂打饭、上厕所、穿衣服这些难事得以解决，同时他也不断提高自己的自理能力，完全学会了用脚刷牙、洗脸、叠被子，甚至洗鞋、洗衣服……老师、同学的帮助，使他在离开父母后感受到了人间的真善美和学校大家庭的温暖。

到了高中学习阶段，课程多，作业多，而且语、数、外、理、化、史、政、地、体、美各门功课的成绩都不能拉下。同时，高中课程学习需要做好大量的课堂笔记，如此才能温故而知新。这对姚伟来说又是一个新的挑战，尽管他能够用脚写字，但是在书写速度上肯定不能与手写相比。而老师的讲课进度也无法照顾到每一个人。由于书写速度慢，导致他无法将认真听讲和做好课堂笔记兼顾起来，如果认真听课了就记不全笔记，而记全了笔记又影响了听课。权衡之后，他决定上课先专心听讲，课后再补做笔记。可是当要补做笔记的时候，他才发现课余就没有多少时间。每天，上了七八节不同的课，而这些课的作业都要完成，还要背英语单词，预习新课程。时间犹如海绵里的水，只要挤，总会有的。正常上课和完成作业之外，他就利用晚上回到宿舍后的时间，坐在床上补记一天的学习笔记，如果还完成不了，他就会在晚上10点宿舍熄灯后，在床头点上蜡烛，继续补笔记、夜读……

功夫不负有心人。在不懈的努力下，他的学习成绩一直保持在全班前五名。然而，到了高三，他的学习情况还是受到了一些影响。

进入高三后，学习的氛围越来越浓，同学们不仅有了明确的学习目标，而且相互比拼，争分夺秒。那些以往爱玩爱闹腾的"捣蛋鬼"，进入高三阶段也像脱胎换骨似的变成了"乖乖娃"，把所有的心思都用在了学习上。

在这种学习氛围里，姚伟突然发现自己有些不好意思打扰同学。看到大家为了迎接高考而在全力冲刺，他真的不忍心让其他同学为了自己而牺牲宝贵的时间。可是打饭、上厕所这两件事他还必须依靠同学们的帮助。为此，他对个人生活作出许多调整，比如尽量少喝水，以减少上厕所的次数；每顿饭，让别人捎上两个夹菜的馒头；冬天的晚上，和衣而眠……

正是他的这种顾虑和对自己的"虐待"，加之日益繁重的学习压力，不但导致他的身体日渐消瘦，而且使他在课堂上注意力经常无法集中，学习成绩也不断下滑。

当时的那种煎熬，姚伟至今没有忘记。每天，到了早上或者下午最后一节课的时候，他的思绪早早地就游离到了课堂之外，不是因为其他，而是他要考虑中午饭、晚饭或者上厕所的时候能够请到或者应该请哪位同学帮忙……请小华再帮我吧不行，早上刚让他帮我买了早饭；请小康吧，他昨天已经两次帮助我打饭，那就不能请了……他在这种纠结中，度过了一天又一天，内心时刻受到一种无形的折磨。

距离1994年的高考还剩下1个月的时间，姚伟的双腿在上宿舍楼梯时常常感到松软无力，每一步都似乎飘飘忽忽的，自认为还聪明的脑袋也因为营养跟不上，总是感觉昏昏沉沉的。

身体和心理等多种因素的影响，加之"用脚代笔"的书写速度明显不能适应高考答卷的要求，使得姚伟在考试时也无法得到较好的发挥。

这一年的高考，姚伟落榜了。

五

这样的结果他虽然不意外，但是心里十分不甘。"我就这样告别了求学之路吗？""因为失去了双臂，我就不能坚持好好学习，考取理想的大学吗？""我未来究竟朝哪里走"……姚伟不停地追问自己。

高考失败的打击，让姚伟的情绪跌落到了谷底，有一段时间里整日闷闷不乐，无法振作起来。母亲理解姚伟内心的向往，也看到了另一条上大学的路子，于是便与他商量，可以到省城西安去上一所好的民办大学。然后，母亲带着姚伟联系并考察了西安三四所院校。一所名气很大的民办大学校长，在看了姚伟在中小学阶段获得的一张张荣誉证书时，不仅答应收下他这个特殊的学生到校读书，而且答应为他减免学费，并安排专人照顾他在校期间的生活……这是多么好的机会啊，他们母子俩感激涕零。

回到家里，在家人的照顾和宽慰下，姚伟的身体日渐恢复起来，那种倔强不服输的精气神也有了："难道就这样迁就自己，让别人照顾而去上大学吗？"经过长久思考后，他认真地告诉母亲："妈，我要上大学，就要堂堂正正考上大学！"

"你能行？"母亲怀疑他的意志力。

"别人行，我也行！"姚伟回答得很坚决。

在这种思想精神支撑下，又一个秋季开学时节，他毅然决然地回到了母校复读。

这一年，在老师和同学们的帮助和照顾下，他的学习成绩不断提高。当时经历的那些感动他的事，至今他都没有忘记，也不会忘记。

梅花香自苦寒来。

1995年高考成绩公布，姚伟的成绩625分，超出当时一本录取分数线40分。这个成绩让他自己和家人以及母校的老师、同学都十分高兴，在当地迅速传为佳话。这不仅因为他的高考成绩，还因为他为了取得这个好成绩付出了巨大的努力。

由于身体原因，在社会有关方面的共同努力下，姚伟当年被西安统计学院（现为西安财经大学）会计专业录取。

"以脚代笔"考上了大学，这在人们看来无疑是一件稀奇事、新鲜事。

"陕西出了个无臂大学生！"在姚伟收到大学录取通知书的1995年10月前后，这个消息在国内新闻界炸开了锅。一时间，《西安晚报》《陕西日报》《北京晚报》《当代中学生》《女友》杂志、西安广播电视台、陕西广播电视台以及中央广播电视总台《东方时空》等媒体先后推出了姚伟的事迹报道，在社会各界引起了强烈反响，大家一致称赞姚伟的自强拼搏精神。

像姚伟这样用脚书写答卷考上大学的事例，全国罕见。

至此，姚伟真正实现了大学梦，也用实事回答了昔日那些对他读书考大学不抱任何希望的人们：没想到，一个重度残障人通过努力成为一名有前途的大学生。

六

考上大学对姚伟来说，只是人生的一个重要转折点。他要面对的艰难求学之路还很长，需要克服的困难还有很多。可以说，人生的每一步对他而言都是考验和检阅。姚伟坦言："这一点我非常清楚，也始终有思想准备。"

"孩子有决心、恒心，作为父母的我们也有决心、恒心把他培养成对社会有用的人。"姚伟父母说。

"至少他要能够自食其力，不然我们老了，谁照顾他呢？"姚伟父亲说。

为了让姚伟能够顺利读大学，也为了不给学校增加更多的麻烦，他的母亲辞退了韩城的工作，随他来到西安，租住在学校外的民房里，一心一意照顾他的生活。他的父亲留在韩城，除上班之外，就是照顾他的弟弟上学。因此，一家人分成了两个"小家"。不幸的是，他的父亲在一次工伤事故中右手意外致残，导致家庭困难加重。

这些生活上的困难他都能够克服，可是经济上的压力一时却找不到好办法缓解。为此，他母亲在每天照顾姚伟走进教室后，就匆匆赶到学校附近的一家餐厅当服务员，洗盘子、打扫卫生，而姚伟也积极利用课余时间做家教，用微薄的收入补贴家用……

他就读的西安统计学院领导在得知他的情况后，及时给予了他和家人无微不至的关怀，首先让他住进了学校宿舍，然后安排他的母亲在他所住的宿舍区当了"舍管阿姨"，可以比较方便地照顾他的生活，同时也有了一份经济收入。

西安市残联了解了他的情况后，积极帮助他解决了助学贷款事宜。在这里需要特别说明的是，当时的大学生助学贷款政策还不够完善，尤其是给他这种残障者发放贷款风险很大。让他非常高兴的是，西安银行的前身"西安城市福利信用社"给他发放了助学贷款,让他在上大学期间的学费有了保障。

社会大家庭的温暖,不仅鼓舞他不断追求梦想,而且让他坚定了加入中国共产党的信念。

姚伟大学期间组织和参加足球对抗赛

"在我的身上发生的这些感人事迹,无不反映了党员干部为人民群众,特别是为了困难群体无私奉献的品质,展现了他们的高尚情操和大爱情怀。"姚伟说,"所以,我早就有了加入党组织的想法。"

事实上,他在高中二年级时就向学校党组织递交了入党申请书,并暗暗下定决心:"决不辜负党组织的培养,一定要努力学习,积极表现,争取早日加入党组织,在党的事业的熔炉里锻炼自己、提高自己,不断地为社会作出自己的贡献。"

正是在心底早已种下了这颗红色的种子,他不仅在学习上坚持用功,而且在思想上注重锤炼自己,更懂得人生不仅仅是为了自己而活,还应该为了社会大众而努力拼搏。

大学第一学期结束后,姚伟就被推选为班里的团支部书记。随后,他又被学院团委选拔为宣传委员。

担任学校共青团干部期间,他得到了比较好的锻炼机会。学生工作,尤其是组织宣传工作,不断锻炼和提高了他的组织和服务能力,比如如何动员大学生积极响应号召,积极参加社会公益活动等。

在组织大学生参加一些社会公益活动,特别是一些助残公益活动的过程中,他更深刻地了解到残障人这个特殊群体,并与许多助残社会组织建立了联系。

"我在接受帮助的同时，也要通过自己的努力去帮助他人。"姚伟说。

当年，他的事迹引起广泛社会反响。为了回报社会，他积极受邀作励志报告。他的报告题目叫《奋斗人生，向命运挑战》。那几年，在西安市和省内的大中专学校、劳教所、监狱等单位，他作了百余场报告，让更多的听众了解他顽强拼搏的故事，激发大家奋发向上和改变命运的勇气。一位远在岳阳某建筑公司打工的女孩，在他奋斗精神的鼓励下，终于考入了梦想院校——湖南师范大学。

有一次他在陕西省某监狱作报告，他没有想到，他的自强报告会给台下的听众产生那么大的影响。他在台上讲他读书成长的故事，台下的几百名服刑人员听得很认真，生怕漏掉了他的每一句话。在鸦雀无声的会场中，他无意间看见几位服刑人员的眼眶湿润了，还有几位服刑人员眼角泪水长流。当他用脚夹着毛笔，写下"用心改造，回归社会"八个遒劲有力的大字时，台下掌声雷动，经久不息。

是的，他的故事震撼了那些人的心灵。

常言道，苍天不负苦心人。大学期间，他的各科学习成绩名列前茅，学生工作表现优秀，多次被学校评为"优秀团干部"和"三好学生"。

在学校党组织的精心培养和他个人的不懈努力下，2000年1月1日，他光荣地加入了中国共产党。

似乎上天也在眷顾着他。1999年他受邀参加陕西电视台《精彩99》专题节目的录制，节目播放后在社会上特别是在大学生群体中产生了广泛影响。当时，西安城里收看了这期节目的大学生，纷纷不约而同地去学校看望他，或打传呼约见他。大家心里都怀揣着同一个目的，就是想亲眼证实电视节目报道的是否真实，因为大家都不太相信一个失去双臂的人还能考上大学并且完成了许多他们不能完成的事。

这其中，就有西安培华学院的一个女大学生。她在见过姚伟之后，对他的自强奋进精神充满了崇敬之情。

同年，姚伟受邀参加西安培华学院的一场书法活动。活动结束后，碰巧这位女大学生作为学生代表送他返校。其中有一件小事让他心生温暖：公交车到站后，她走在前面专门给他占了一个座位，等到他就座后她才离开。就这样，他与她的联系便多了起来。

在姚伟即将大学毕业时，她主动提出帮他誊写上万字的毕业论文。

这个女子后来让他收获了浪漫的爱情和美满的婚姻。她的名字叫答海花，是西安人。

"西安财经大学给了我第二次生命，如果没有这个学校给我求学的机会，就不可能有我今天的人生，"回忆大学期间的读书生活，姚伟直言，"不仅要感谢学院和老师的培养，同学的无私帮助，还要感谢社会的温情关爱，这些都给了我不断前行的动力。"

当然，母亲赵玉萍也给予他前行路上无限的力量。

"我的母亲和我，就像正在转动中的杠杆一样，妈妈是力臂，我是重臂，妈妈在杠杆的那一头，我在杠杆的这一头，她用爱和整个身心在支撑我，使我能够走到今天。"面对主持人的提问，他如此比喻自己与母亲的关系。

七

姚伟是不幸的，但又是十分幸运的。大学本科毕业后，在西安市委、市政府的关心和市残联的帮助下，他成了西安市的一名残疾人工作者。

"党和政府、残联组织给了我第三次生命。"姚伟说。

对于姚伟来说，有了工作，他首先要解决的不是如何搞好工作，而是如何克服自身的一些实际困难。最主要的就是要克服上厕所的困难。这对于常人不是问题，对他来说是个大问题。因为在工作中，不可能每次都请同事帮助上厕所，后来他请人在厕所的隔板上钉上钉子或者小钩子，这样一来，他每次在上厕所时，就可以借助钩子自己提上裤子。

不仅如此，每天上班他还需要坐一段路程的公交车。于他而言，没有双臂扶持身体，站立时经常会摔倒，不是碰到了这里，就是碰到了那里。为克服这个困难，他想到了一个办法：每次乘车站立时，他就把上半身靠在一个椅背或其他地方，然后双脚摆开，成"八"字形，以稳定自己的身体，这样就不容易摔倒了。时间长了，这竟然成了他的一种"功夫"。

其他方面，如用脚洗头、洗脸、刮胡子、梳头，用脚夹勺子吃饭，用盘子在外就餐；把衣服系好扣子后，再用脚套在身上；用脚写字、在电脑上打字等等。这些他早已能够用脚熟练地进行，所以并不影响工作。

有人会问：要是外出工作，无人陪同怎么办？

在单位上厕所可以凭借钉子和钩子，可是外出上厕所实在是个麻烦事儿。为此，他做了一个简易的特殊工具平时绑在腿上，就是一个用嘴可以咬起来的长钩子。上厕所的时候，他用双脚褪下裤子，然后用牙咬着钩子可以提起裤子。解决了外出上厕所的问题之后，他就可以单独外出工作。

提及2015年参加全国劳模表彰大会时的情景，他显得很自豪："我就是一个人去的北京，然后呢，又是一个人回来。当然，随行的还有西安市的其他几位全国劳模。"

"在北京和其他省市参加工作会时，我也是一个人前往，虽然每天都会遇到各种困难，但我都想办法克服了。"在他看来，现在一个人外出是很平常的事情。

40多年的岁月长河里，面对困难，他从来没有低过头。

令人鼓舞的是，每一次他都是困难面前的胜利者。

八

最初参加工作，姚伟被安排在西安市残联的组织联络处。领导和同事在工作上对他悉心教导，在生活上对他援手相助，这让他不仅很快适应和熟悉了工作，而且极大地激发了他的工作热情。

2003年，西安市残联组建宣传文体处，他很顺利地成了这个处的一名宣传干事。他在大学期间担任团委宣传委员时，干的主要就是宣传工作，而在组织联络处工作时也常写一些新闻稿件，因而具有一点做宣传工作的基础。这也是残联综合考虑他的身体情况，减少他外出和别人打交道不方便的麻烦，而作出的最合理的安排。

他非常热爱这份工作，也决心要干好这份工作。可是真正要干好残疾人宣传工作，对他来说不是一件轻松简单的事。失去双臂的他要成为一个写作者，面对的考验和艰难可想而知。

仅采访笔记这一项基础工作，他就要付出比常人更多的艰辛和努力。为了写好一篇篇新闻稿件，认真的他每次都要提前写好采访提纲，然后装上录音笔，背着挎包，坐上公交车，积极赶到新闻现场。没有错，他就是背着包。采访现场不方便用笔记，他就用心记；在写作中遇到问题时，他便借助采访录音反复听，或者回到办公室后再整理采访录音，梳理写作思路。

为了尽快赶上步子，扎实干好残联新闻宣传工作，他一方面悄悄地学习残联工作相关政策，报名参加西安日报社的通讯员培训班，学习新闻采写理论基础知识；另一方面，他坚持在工作实践中边干边学、边摸索、边总结、边提高。

姚伟曾说，每次助残活动他都要写一篇稿子，他在活动正式开展前，一般会提前调阅大量相关资料，尽可能多搜集翔实可靠的第一手新闻写作素材。有时候参加完当天的活动后，要立马赶回到办公室，坐在计算机旁撰写新闻稿件。在电脑还未普及之前，写完稿件后，还要打印盖章，为了提高时效性和上稿率，还得再搭乘公交车去报社送稿件。直到可以发送电子邮件后，才彻底改变了这一状况。

当年，西安市开展设立社区残疾人专职委员，扩大残疾人就业工作，姚伟意识到这是一个有价值的新闻。这项工作体现了党和政府对残疾人群体的特别关爱。他在了解掌握情况后，确定了一个采访对象——未央区三桥火车站社区，这个社区刚刚竞聘的残疾人专职委员已经上岗开展工作。他一个人坐公交车来到这里对相关人员进行了实地采访，并连夜撰写了《西安残疾人专职委员上岗　社区残疾人有了"娘家人"》。这个稿件在《三秦都市报》刊登后，随即被省内外以及国家级多家新闻媒体转载，获得了当年全省残疾人事业好新闻一等奖和全国残疾人事业好新闻二等奖。

姚伟参加2012年陕西省劳模表彰大会合影
（前排左一）

姚伟对这份工作充满热情，他希望通过做好残联的新闻宣传，及时把党和政府的温暖传递给更多的残疾人朋友；通过弘扬社会助残风尚，感召更多社会各界的爱心人士能够加入扶残助残的团队中来；同时，希望通过典型人物事例的报道，能够唤起更多残疾人朋友们树立自尊，激发他们自信、自立、自强，积极奋起，敢于挑战困难，勇于作为，实现人生价值。

因为能力强、工作出色，他很快就得到了单位领导和同事的认可，先后多次被抽调到西安市大型助残公益活动组委会，负责宣传或组织工作。在同事的印象里，西安市按比例安排残疾人就业政策宣传、约翰·库提斯西安大型励志演讲会、肢残人驾车神州行、助残爱心公益卡发行、世界特奥会西安城市接待计划、北京残奥会火炬西安段传递活动、全市残疾人运动会等大型活动现场都有姚伟忙碌的身影。

姚伟所担负的宣传工作究竟怎么样？西安市政府一位领导在一次

姚伟工作中用脚操作计算机

残疾人就业工作会上,充分肯定残联宣传工作时用了八个字:"铺天盖地,声势浩大。"这个功劳虽不属于姚伟一个人,但没有姚伟,就不会取得这样的成绩。

特别是2008年的一件事,姚伟至今记忆犹新。他被临时抽调参与西安市首届残疾人艺术节的组织工作,并负责以"感恩生命"为主题的残疾人征文大赛等多项具体工作。从活动的酝酿、征文、评选到文集的编辑,他可谓煞费苦心。为了在"助残日"当天能够让广大残疾人朋友看到获奖作品的集结,他放弃了节假日休息时间,每天熬夜加班,对文字进行编辑、校对。有时候在电脑前不知不觉就坐了十几个小时,由于天气炎热,再加上他身上有多处大面积被电击伤愈合后的新皮肤没有汗腺,导致臀部多次长了痱子。

5月12日中午两点左右,当他完成稿件的第三次校对以及封面设计,正要背着文稿去印刷厂时,汶川地震了,西安震感明显……大街上人心惶惶,人们不敢待在室内,手机通信也中断了……此时距离"助残日"只有6天时间,而印刷厂最快需要5天时间才能完成印刷和装订,所以剩下的时间一丁点都不敢耽误。他当时没有多想,背上挎包,携带最后签字的定稿,匆匆地就赶往了印刷厂。

"助残日"活动当天,这本命名为《感恩生命》的残疾人文集,由西安市市长亲自赠送给残疾人朋友们……

粗略做了一下统计,参加工作二十多年来,姚伟用脚完成了工作方面的各类材料达6000万字,组织新闻媒体采访报道残疾人就业创业的新闻稿件达4000余件,他个人发表的新闻作品1000余件;编写了5部残疾人励志图书;多次荣获全国、省、市残疾人事业好新闻奖和省、市新闻奖。

如果不是亲眼所见，我还不会相信他能取得这么好的成绩。2021年初夏的一次采访，在姚伟的办公室，我看见他那一双在键盘上敲打自如的脚趾，仿佛如同跳跃在大地上的一种神性的舞蹈，优美而又迷人眼目，令我肃然起敬。

九

成长路上，感受到的那一次次温暖和感动，让姚伟对生活充满了信心和热情。他说："我无法放弃自己，无法不热爱生活，更无法不努力去为社会作贡献。"

回忆过往的每一件事，仿佛都发生在昨天。

在父母和他几乎要失望的时候，那个小学收留了他，那个叫孙灵芳的女老师给了他母亲般的照顾，当他第一次走入小学一年级教室的时候，孙老师和同学们对他表示热烈欢迎，孙老师还叮咛同学们要像兄弟姐妹一样照顾他。冬天，因为他要用脚写字，脚上有冻疮，孙老师便每天早晨在食堂帮他灌暖水袋，让他用来暖脚，多年如一日。从小学到大学，每一位同学待他如兄弟姐妹，男同学帮助他上厕所，女同学帮助他整理书本，帮他背书包等等。高中的时候，班主任老师和学校尽可能地给他提供方便。学校有一对老师是夫妇，丈夫黄曙光教他英语，爱人党秋芳教他数学，有一段时间他就住在老师的家里，老师轮流精心辅导他备考。

复读的时候，那个叫李勇的男同学，帮他打饭，上厕所的时候约他一起上厕所，在学习上他们互相帮助……最令他激动的是，当年他们一同考上了大学。

那年市残联分房，按照政策没有姚伟的名额，但领导们商量后把其中一套大房子隔成两户，把其中的一户给他作为婚房。单位领导从实际出发，不仅关照他的婚姻家庭生活，切实帮他解决具体困难，还为了方便他工作，为他特别设计、定制了办公桌椅……同事们愉快相处，甚至已经忘却了他是一名重度残疾人……

公交车上让座的乘客，餐馆里照顾他的服务员，热心帮助他的同事……

昔日遇见的一个个人，经历的一件件事，姚伟用了一个词表达心情——没齿不忘。

因此，从另一个方面来看，姚伟的人生可以说是比较完美的。他考上了大学，有了工作，还拥有一个完美的家庭。

"我没有理由不努力做好工作。"回忆这些往事，姚伟感动地说。

所以，参加工作后，他一直致力于残疾人工作。他认为曾经接受了社会很多无私的帮助，他在有能力的时候也要尽力做公益，回馈社会，传递正能量。

多年来，姚伟参与创建了5个市级残疾人公益社团——西安市残疾人创业协会、西安市残疾人企业及企业家协会、西安市残疾人就业促进会、西安残疾人书画院和西安市残疾人爱心互助促进会。他动员社会各界为西安残疾人事业发展捐款、捐物，受益残疾人近3000个……

在市残联的引导和支持下，2011年他创建并担任负责人的西安市残疾人爱心互助促进会累计投入130余万元，连续12年开展慰问特困残疾人暖冬行动、特困残疾人结对帮扶活动。在各方面的大力支持下，两次启动了西安市农村特困下肢残疾人假肢助行项目，为残疾人免费安装假肢203例。

"做梦都没有想到过有这么好的事情！"西安市蓝田县小寨镇大河村一组50多岁的下

刊登姚伟作品的部分样报

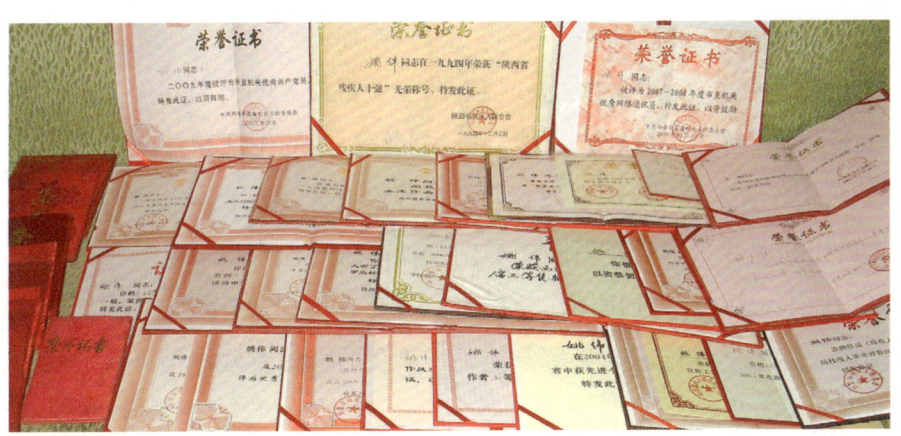

姚伟获得的荣誉证书

肢残疾人高某就是这个项目的受益人。

他一家居住在村里的半山腰，而且是典型的一户多残的特困残疾人户，妻子是一级重度精神残疾人，他经常要拄着单拐在田间劳作。"假肢助行"项目为他量身定制安装了假肢，让他摆脱了拐杖，也让他在田间干活和做家务都比较方便。在西安市残疾人爱心互助促进会的资助下，他的两个孩子可以上学了，协会还将他们家列入帮扶对象，每月给他们200元补贴。

多年来，姚伟从不吝啬分享自己的故事，只要有时间，他都会积极接受邀请，希望自己的经历能为更多人带来奋进的力量。他为省内大专院校、中小学及残疾人朋友作励志报告百余场次，听众累计15万人以上……

在市残联组织向贫困残疾人捐献衣物等活动中，他不仅每次积极参与活动，提前准备好自己要捐献的衣物，还动员父母、弟弟、朋友等也参加捐献衣物等公益爱心活动……

"学习姚伟，做到如他一样坚强，世上还有什么困难克服不了。"笔者在写这篇文章的时候，心底常常涌动着一种钦佩之情，钦佩他顽强拼搏的精神，钦佩他知恩图报、积极回报社会的情怀与担当。

从某种意义上说，助力残疾人就业就是最大的公益。因为只有为一个残疾人解决了就业，才能从根本上解决他的生活和经济困难。

　　2016年3月，姚伟被调到西安市残疾人劳动就业服务中心工作，先后担任就业科科长、就业中心副主任，这对他来说又是一个挑战，好在他不怕挑战。开拓工作新局面，需要寻找到好方法、好措施。这一点，姚伟早有自己的见解。他说："我的身体重残，但是我的智力并不残疾。"

　　曾经在等待就业的一段时间里，他和朋友合伙开了一个花店，他们不仅把鲜花卖到了会议室、庆典场合，还把鲜花卖到了陵园、墓地。其中他是开拓市场的谋划者、执行者。当年熟悉他的人称赞他："这娃脑瓜子灵着哩！"

　　所以，对于做好残疾人就业服务工作，他在经过一段时间的调查研究之后，确定了抓关键、抓政策、抓渠道等方法，团结带领同志们，紧紧围绕"酝酿出台西安市残疾人就业创业扶持政策""规范简化全市按比例安排残疾人就业""在职残疾职工认定"等主要课题，凝心聚力、集思广益，推进课题研究和逐步落地。

　　为了让更多的残疾人朋友能够就业，他带领就业科全体工作人员走访企业、宣传政策、征集残疾人就业岗位……

　　截至目前，他已经组织举办了17场西安市残疾人专场公益招聘洽谈会，帮1968名残疾人朋友走上了工作岗位。

　　在他和团队的共同努力下，截至2020年底的4年时间里，全市6598名残疾人朋友、709个安排残疾人就业的单位享受了政策扶持。

　　为了让"数据多跑路，残疾人朋友和企业少跑路"，姚伟和他的团队积极打造了"一端、两微、三张网"的信息化建设格局，即残疾人就业信息一个终端，微信、微博两个新媒体平台，西安市残疾人就业信息网、西安市在职残疾人认定工作系统、西安市残疾人综合信息服务系统三张网，极大提升了西安市残疾人就业创业服务水平和质量。

面对未来，如今48岁的姚伟初心依旧未改："我时常心怀感恩，知道自己今天所拥有的这一切离不开各级组织的培养、社会各界的关心以及家庭的付出，我将一如既往、不失锐气、脚踏实地、务实前行，努力为残疾人朋友多办实事。这是我的职责所在，也是我的价值追求。"

十一

总结过去的奋斗经历，姚伟有感而发："年少时经历磨难，并不完全是一件坏事，它能够让人坚强；青年时期要有梦想，并且朝着梦想去努力，不惜一切代价地去努力，这样的话才有可能成功。"

姚伟一家2014年获得"西安市最美家庭"称号

目前，姚伟成了他曾经就读的大学、中学、小学的活教材，老师经常在课堂上向学生们分享他的自强事迹，激励学生们克难奋进。

只要提到姚伟，曾经的老师和同学说得最多的一句话就是：有毅力，认准的目标，他会不顾一切地去努力实现。

在同事的眼中，姚伟的执行力比较强，面对任何任务，只要下定决心去干，就一定能够取得好结果。

"作为丈夫和残联工作人员，他是一个敢于担当的人。他自强自立、拼搏奋斗的精神感动了曾经的我，他还给了我幸福的婚姻，所以我相信他，也会永远支持他的梦想和事业，"他的妻子答海花说，"其实残疾人的生活并不像人们想象的那样有各种各样的困难，他除了不能帮我抱孩子以外，我们在生活上基本没有什么不方便。"

有了家庭之后，姚伟为了分担家务，还学会了用脚洗衣服、拖地、打扫卫生等，甚至还学会了用脚为女儿换尿布。

如果不是十分忙，姚伟也会选择利用寒假或暑假，陪着妻子和女儿一起出去旅游，而这也是他们一家最幸福快乐的时候。

"去年暑假，我爱人开车，我们一家人自驾游，走了一趟青海和甘肃大环线，去了青海湖、茶卡盐湖、七彩丹霞……那里的景色都非常迷人，一家人共赏美景，非常开心……"姚伟说这些话的时候，笔者能够感觉到他沉浸在家庭的幸福之中。

最近，他似乎一天比一天忙碌。为了迎接残运会的召开，为了促进残疾人就业，他全力投入到西安市"喜迎残运'职'等你来"助残就业系列活动之中：起草文件、拟订方案、争取赞助……他总是有做不完的工作，也不愿意停下来歇息，因为他知道有更多的残疾人朋友需要他的帮助。

在姚伟的身上，人们不仅看到了残疾之躯也能绽放异彩，而且还看到了一种追梦的力量——没有翅膀也能飞翔。

他的奋斗姿势，早已幻化成一座精神丰碑。

像花儿一样怒放

夕阳挂在远处的山尖尖上，本来就安静的乡村此时显得更加安静。又有秋风起，吹得树叶沙沙响。偶尔有汽车穿村而过，顿时尘土飞扬。几位中年男人在路边闲逛，有一搭没一搭地扯着闲话。他们身边有几只小狗摇着尾巴，在互相追逐嬉戏。

在关中的周至县翠峰镇这个叫新联村的村庄里，此时是乡亲们一日最清闲、最幸福的时光。

靠近路边的一座红瓦白墙的两层房屋以及村广场边闪亮的电子屏幕引人注目。当然，吸引人的不是这里的景、物，也不是这里是一个村的文化活动中心，而是最近四五年来这里发生的许多的故事。

一

这一天的黄昏，村委会所在地最靠边的一间挂着"康复理疗室"牌子的房门还在敞开着，一个看起来年龄不大也不小的青年人似乎还很忙，不停地用计算器在计算着什么数据。

不知道的人，还以为他是村里的会计呢。

他叫柏华，新联村的第一书记和驻村工作队队长。大伙儿下班各自回家后，村部就经常剩下他一个人，没有外出走访或其他事情的话，他就喜欢坐下来琢磨一些事情，算算村里的经济账、发展账、富民账……

窗内，他还在认真算账。

窗外，村里的一男一女推着一辆架子车向村部走来，还没有走到门口，坐在车上的中年男人便急促地叫喊开来"柏书记，柏书记……"

"刚才脚崴了一下，请你给我看看，这会儿疼得不行了。"

听见喊叫声，柏华就像触电一般，打了一个激灵，放下手中的计算器，"蹭"地一下跑出房间。

"这咋搞的？三哥！"柏华急切地询问用架子车推过来的这个他叫"三哥"的面色难堪、不断呻吟的中年男人。

"我疼，我疼，疼得很！"

"别急，三哥，我看看。"

柏华一边安慰"三哥"，一边吩咐送"三哥"来的儿媳妇翠翠和他的侄子老六："来、来、来，翠翠和老六，赶快把他扶下来，别让他的脚挨地啊，扶到我的床上来。"

躺在床上的"三哥"忍不住疼痛，还在不停呻吟着，密密麻麻的汗珠从他的额头流下来，两只沾满泥巴的裤腿和大脚把床单已经弄脏了一大坨。虽然柏华急切地询问着他的病情，但他心里却并不十分踏实，他不知道柏华是不是能够真心为他看病治疗，这样想着，眼泪几乎都要流出来了。

"没事儿、没事儿，我给揉揉就好了。你们都别动，我来给三哥脱鞋子啊，你们掌握不住火候。我用手摸一下……"

柏华迅速用左手轻轻抬起"三哥"的脚，用右手顺势脱掉沾满猪粪的鞋子，一点点褪去袜子，瞬间一股臭味扑鼻而来。站在一旁的村支部段书记、翠翠、老六，还有村委会张主任，大家都不自觉地往后退了几步。而柏华像是没事儿一样，顾不上擦手，顺着"三哥"的脚踝处一点点地向上滑动起来。

看着"三哥"痛苦不堪的表情，在场的每个人神情都很紧张。

存在视力缺陷的柏华那特有的表情让人感觉到他很用心，很投入。他的手在"三哥"的脚上、腿上这儿掐掐，那儿捏捏。一边掐一边捏，一边说："不疼三哥！没事儿！不疼！没事儿！"

"没事儿！没事儿！……"只听柏华这么说的时候，却见左手突然使劲儿往上一推，然后顺势往下一拉，伴随着"三哥""啊"的一声，他说："三哥，你试着动一下。"

"三哥"还心有余悸："不敢动，不敢动！"

"没事儿，三哥，你试着动一下，已经能动了。"柏华很有把握地鼓励道。

"三哥"试着动了几下，激动地喊道："哎，哎，还真的能动了！"

"我扶你下床，现在走几步试一下，"柏华扶起"三哥"的腿脚使之着地，"动起来，往前走，没事的三哥。"

一步、两步、三步……"三哥"难掩其兴奋："好啦，好啦，我好啦！能走路了。谢谢柏书记，谢谢柏书记！"

"看三哥说得生分的，叫我柏华！"柏华有点不高兴。

"柏书记在咱们这儿一直不让人叫他柏书记，喜欢别人称呼他名字——柏华呢。柏华就是咱们村的人，咱们都是乡里乡亲的，就叫他柏华啊，三哥。"段书记在旁边说。

"三哥，你和段书记先聊。我去洗洗手，一会儿就过来了。"

脚不疼了，又闻到自己脚上的臭味，"三哥"这时候面色有窘，十分不好意思。人家柏华刚才给他脱鞋、脱袜子，用手给他捏脚捏腿，帮自己治病，一点儿都没有嫌弃，那是把他当亲哥哥对待的。而他呢，却小肚鸡肠，顿时感到有些惭愧。

柏华所称的这位"三哥"，是新联村的村民李三，在兄弟中排行老三，年龄上大他许多，所以他便随了村里兄弟们的称呼。

当日下午，李三浇地放稀粪的时候，一不小心滑倒在稀粪坑把脚崴了，当下便动不了，打电话给在家的儿媳妇，又叫了正在村里给别人修房子的侄子老六，两个人才把他抬到架子车上，准备送他去医院时，路过村委会门口碰见张主任。张主任见状，便直呼："柏华在村上呢，让他先给瞧瞧！"

"那多不好意思，前两天为了在猕猴桃地里修生产路的事，我还把柏华骂了一顿，人家能给我爸瞧病吗？"翠翠疑问道。

"别说那些没用的话，柏华根本就不是小心眼的人。赶快把人往那里推，别再磨蹭，柏华在村委会康复室呢。"

如此，三哥一家避免了去医院的一趟折腾，又节省了不少医疗费。

正说着柏华从外面走了进来："三哥，这会儿怎么样了？"

"柏书记……"

"叫我柏华啊，就叫柏华！咱们村人都叫我柏华呢，我就是咱们村的人！"

"那不行，你来咱们村上，那是市里面派下来的副处级干部，在咱们村当第一书记，这么个大官儿，怎能叫名字呢？"

"不管啥官，都是乡亲的服务员！"

"那也不能喊你名字。"

"三哥，我不和你说了，我手上还有一些资料要整理，还有一些数字要统计，还要给咱们村建档立卡的贫困户建立一个医疗档案呢。你跟段书记再聊一会儿，喝点水，坐坐，没啥事儿就可以回了。记住我说的话，以后就叫我柏华，我就是咱们村的人。"

二

驻村第一书记的职责是干啥的？像柏华这样给乡亲们看病的事，

总是令人感觉有点"不务正业"。

来自西安市残联理事、西安市残疾人康复中心副主任、陕西省和西安市盲人协会副主席岗位上的柏华,不仅拥有研究生学历,还是一名主任医师和辅助器具技术工程师。在走访调研中,他发现村里医疗资源匮乏,这会大大影响健康扶贫效果,然后他结合自身资源优势,决定筹集资金在村里建立康复理疗室,每天坚持在工作之余为村民免费看病、进行康复服务。

柏华带领全村党员重温入党誓词

"三哥"就是享受这种免费诊疗服务的群众之一。

在柏华看来,做这些事,不仅有效发挥了他的个人特长,而且能迅速拉近他与全村的干部群众的距离,也是深入了解村情民情的一条有效途径。"聊着看病治病的事情,患者家庭情况就一清二楚了。"

村里有一位老人,戴着助听器时与家人沟通交流比较顺畅,后来助听器坏了,导致他听不见,继而与家人经常因为"语言不能沟通"而发生矛盾。

了解到这位老人的情况后,柏华邀请专家上门服务,及时为其适配了质量很好的助听器,从此,老人恢复了以往的正常生活。心怀感恩的这位老人来到村委会,连连向柏华道谢,一边说着一边就要当面下跪。

柏华如何能受得了这种礼遇,连忙扶着老人,劝说:"使不得呀,使不得呀,这都是我应该做的。"

没有想到,后来这位老人竟买了一瓶五粮液酒拿到村委会来,非要送给柏华喝不可,言称不知道怎么感谢才能表达心意,且又能让他心中喜欢的柏书记接受。这让柏华再次"受惊",急忙阻挡老人:"我的好叔了,赶紧拿回去,要是有好事的人看见了,这就成大事了。"

感谢柏华的事至今还是这位老人的一个心愿。工作繁忙的柏华也惦记着找个空闲,到老人家吃顿便饭,了其心愿。然而,双方的心愿直到柏华离开村子后也没有实现。

"服务群众无小事,"柏华说,"有时候在我看来的一件小事,对群众来说却是一件大事,甚至是一件天大的事情。"

2020年春节疫情防控期间,村民刘芳营的女婿付冬回乡探亲时突发脑出血,虽及时抢救,但依然落下了严重的半身不遂。付冬是这个家里的顶梁柱,是家庭主要的经济来源,如果他的身体垮掉了,那么就意味刘芳营家的天塌下来了。如果不采取措施,帮助付冬恢复好身体,那么这个村马上就会出现一个新的贫困户,继而就会为驻村工作队增加新的帮扶任务。

因此,无论疫情防控工作多忙,柏华每天都会抽出时间,坚持给付冬做针灸、按摩。虽然此时处在冬春交替的时候,但是天气依然寒冷,每次为付冬做完康复理疗,他满身都是汗。他在心里都默默告诫自己:"一定要让付冬站起来!"

由于治疗及时,加之坚持理疗,付冬的身体在一个多月后就基本恢复了健康。起初,他对生活几乎绝望了。在柏华的帮助下,病情一天天得到好转,他渐渐地看到了希望,自信心也跟着有了。一家人的日子又回到了从前幸福的模样。

付冬在返回工作岗位之前,和他们全家人一起给柏华送去了一面锦旗。他的岳父刘芳营拉着柏华的手满眼热泪:"柏书记,要不是你,俺家的日子以后真的不知道该咋

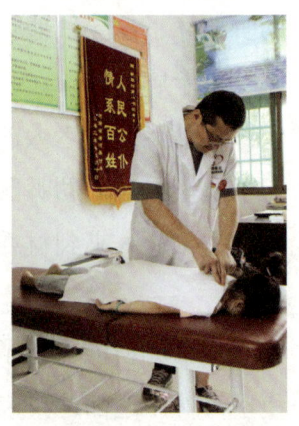

柏华在义务为村民做理疗

过呀!"

另有一个故事。一天下午,一个小伙子带着他的父亲来到村委会找柏华,说是父亲腰疼,请他给做个治疗。柏华简单问了一下情况,初步判断不是腰疼,便说:"你走几步路,让我看看。"又根据观察的情况怀疑是发生脑出血,当即要求他们赶紧到县医院检查治疗。

结果不出柏华所料。周至县医生诊断老人为脑出血,认为情况非常严重,给他做了相关处理后,让他们当晚就转到咸阳市人民医院治疗。因为救治及时,老人的生命得以挽救。

像这样的事经常发生,不管哪位乡亲找来,柏华都是一样地热情对待、认真负责。

为了方便服务乡亲,驻村工作刚开始,他每天利用下午时间进行义诊,但经常因为村上的事务或开会等工作,导致乡亲们来了要等待很长时间,同时也影响正常工作。随后,他结合工作和农村的实际情况,确定每周一、三、五下午4点以后义诊,既充分合理利用了时间,也保证了义诊效果。

如何做好针对村民的健康帮扶,柏华确实动了一番脑筋,费了一番工夫。

作为残疾人的娘家人,他在全村组织开展了一次别具意义而又被誉为全镇乃至全县历史上第一次的一项活动,那就是为全村的残疾人免费做全面体检。这种关怀让全村残疾人激动得无以言表。

不仅如此,柏华还多次邀请自己长期参加义诊的西安雁塔邓景元社区康复服务中心的专家,定期或不定期到村上开展大型义诊、健康知识宣讲和免费体检活动,并且把新联村纳入他们志愿服务队的定点服务对象。他说:"我即使不在这里驻村了,但是这里的康复室依然会保留着,我还会定期来为乡亲们服务。"

在柏华的积极努力下,北京爱尔公益基金会为新联村有听力残疾的村民验配了50台助听器;残联在该村建立了残疾人辅助器具评估服务室，让残疾困难户重新拾起了对生活的信心。

同时，他还帮助村卫生室实现了远程会诊和医疗转介服务，为乡亲消除了因病致贫风险。

如此，柏华发挥自身的优势，找到了一条服务和密切联系乡亲的纽带，看似不务正业却是实实在在的正经事。

三

带着满腔的真情，柏华不想虚度光阴，更不想在驻村工作中做一个简单的政策"传声筒"，而是在帮扶工作中实实在在为乡亲们服务。

2008年，中国残联在西安市未央区开展残疾人辅助器具个性化适配试点工作，组织安排柏华参与，做好具体配合。

对于一般人而言，接受此项工作做到领导指向哪里打到哪里即可。但是柏华不满足于此，在与中国残联专家组相处一个多月的日子里，他坚持每天到各个残疾人家庭进行筛查和评估，晚上及时将资料汇总后，与专家组进行具体业务讨论，积极提出自己的见解。

因为是试点，所以在进行过程中遇到了很多之前没有想到的问题。为此，他们经常讨论到深夜。

尽管是办好事、办实事，但是在入户评估过程中，柏华经常会遇到残疾人不理解、不支持的情况，因而他还要讲究方法，不厌其烦，反复进行宣传解释和思想认识沟通工作，直至得到积极配合。一个多月时间里，他平均每天都要走访十几户，除了吃饭，几乎没有休息时间。

由于连日工作，这一天就发生了意外。在西航社区一户残疾人家庭试用轮椅下坡时，柏华的胳膊不小心被卡在了墙壁与扶手之间，胳膊差点骨折。受此虚惊后，他从中发现了适配评估的细节问题——辅助器具不仅要和残疾人自身状况适应，也要和他们的生活环境适应。

经过努力，他和专家组总结探索出了一种"医工结合、量体裁衣"

的残疾人辅助器具个性化适配服务模式，得到了行业领导的高度评价和广大残疾人的肯定，并在全国得到推广。因此，未央区被中国残联命名为全国唯一一个"国家构建辅助器具适配体系示范区"，柏华还代表西安市在全国辅

柏华借用放大镜查看贫困户资料

助器具工作研讨会上做经验交流，为陕西和西安市赢得了荣誉。

在落实假肢助行项目中，柏华连续七年赴周至、临潼、阎良、蓝田等地的偏远农村，走村串户为贫困残疾人进行假肢取型，经常是晴天一身灰，雨天一身泥，白天宣讲政策，采集相关信息，晚上进行资料整理和研究分析。

一位农民老大哥安装假肢后高兴地为他赠送了一面锦旗，上面写道："特别的爱献给特别的你。"可谁又知道，这份"特别"中包含着柏华多少汗水与艰辛。

2012年8月，西安市与中国听力医学发展基金会、美国斯达克听力基金会联合实施"'世界从此欢声笑语'中国（西安）"大型助听器捐赠活动。我国首次开展此类活动，毫无经验可以借鉴。

怎么办？摸索进行呀。

按照活动分工，柏华主要负责测听、取耳样等工作，在两周内完成全市13个区县4000多名听障人士筛查工作。每天，柏华第一个起床，查设备、看辅料、安排筛查车辆；晚上回到单位后，汇总材料，和大家讨论疑难问题和解决办法，忙到深夜才休息是经常的事。

柏华和众人为3108名听障残疾人验配助听器5591台，筛查准确率达100%。此项工作得到美国斯达克听力基金会主席奥斯汀先生称

赞:"走了这么多国家和城市,西安的筛查准确率世界第一。"

这句话从某种意义上说是在肯定和表扬柏华呢。

之后,2013年在辽宁省朝阳市召开的全国辅助器具工作研讨会上,柏华受邀再次代表西安市残联做了经验发言。

春雨润物细无声。有一次柏华在西安南大街公交车站候车,遇见一位骑电动车的师傅,这位师傅坚持一定要送他回家。这让他感到很奇怪,甚至还有点害怕。这位师傅直夸柏华是位好人,并提起当年的一段往事。

那是2011年3月的一天,碑林区一个残疾人找到他咨询假肢维修问题。此人安装的是80年代的老假肢,年代久远已无法维修,且他的残肢也受到损伤,解决办法只有一个——更换新的假肢,但是此人却非常固执,不愿意接受新技术。对此,柏华耐心解释,又及时找来技术人员免费为他取型,很短时间内,顺利为其安装了假肢。新的假肢效果很好,这位残疾人非常满意。

当时,此人说了几句感谢的话,这事儿就算过去了。如今,被当事人当面念叨起来,柏华心里暖暖的。

那天,坐着这位残疾人骑的电动车回家,柏华如沐浴在春风里。

从参加工作起,柏华热爱残联,始终对残疾人充满感情,把残疾人的需求当作自己的需求,全身心地投入残疾人服务工作之中。

他仅仅是为了出色完成一份工作吗?

不,更多的是发自灵魂深处的那种深沉的爱。"因为我也是残疾人,曾经也得到过残联与社会的关爱和帮助。"对残疾人的这份感情,柏华的解释是"感同身受"。

四

热心看病救人和服务残疾人,这是柏华作为一名主任医师和市残疾人康复中心副主任的职业道德坚守。他把这种仁爱精神不自觉地也带到了驻村帮扶工作中。

"三哥"的儿媳骂了柏华，柏华没有因此与他们一家人置气，更没有耍小心眼，在"三哥"受伤后推辞或拒绝救治他。

只要是为了乡亲们谋福利、谋发展，只要能够把大家的事情最终办成，任何委屈，柏华都不在乎。在他看来，他在村里的作为就代表党和政府形象，群众心中有怨气，不发泄给干部，又该发泄给谁？所以，面对乡亲的各种情绪他都能够接受和包容。

在群众看来，自从柏华来驻村，村里的面貌发生了翻天覆地的变化。按照村里人的说法，就是全面"翻牌"了。

"给咱们村上把路也修了、灌溉井也打了、路灯也弄亮了，把咱们村委会也盖好了，产业也发展起来了……"乡亲们眼看着一件件实事不断落地，一次又一次被感动着。

他们原以为像柏华这些人驻村，仅仅是动动嘴，甩甩手，走走过场，没想到柏华竟然吃住在村，不分昼夜，没有节假日，来真的，碰硬的，真抓实干，样样事情大家都看得见，摸得着。

为了村集体的公益建设，要说得罪人的事，柏华在这个村里确实没有少干。好在他总是能够以理服人、以情感人，每一件事最后都赢得了乡亲们的理解和支持。

这不，村上的段书记、张主任分别掰着指头数说，驻村工作队积极协调残联、发改委、财政局、水务局等部门，共为村上争取资金1300万元；修生产路、出村路、入户路；新建水塔，进行全村上、下水管网改造，安装净化水系统，解决全村吃水难问题，实现24小时供水；建设污水处理系统，在全镇建设下水管道，把废水净化后可以浇地，既美化了环境，又促进了农业产业发展。

在精神文明建设中，柏华帮助该村新建了村委会办公楼、群众文化广场、农家书屋，还给村卫生室添置了医疗设备，帮村委会买来电脑、打印机，给村里安装和更换了太阳能路灯……乡亲们称赞柏华："人实在，能够为群众办实事。"

五

孙兵现在不仅是新联村的明星,也是全镇的养殖大户之一,目前养牛37头,每天与牛打交道的快乐,为外人所不能体会。

今年55岁的孙兵,家里4口人,属于全村71户建档立卡贫困户之一。他

柏华与大家一起在村集体经济园栽植树苗

们家在危房改造等惠民政策的帮扶下,于2018年摘掉了贫困帽子,但是家庭经济状况并没有很大改善。积极乐观且能吃苦的孙兵,过去做过小生意、养过鸡,但由于各种原因,一直没有赚多少钱。当他听说养牛成本虽然高,但风险小、收益高,便有了养牛的打算。可是买牛的这笔钱一时却难倒了他。

正当孙兵一筹莫展的时候,柏华来到了他家,在了解到他的养牛计划和困难后,便和工作队与村两委商议,帮他申请了5万元无息贷款和20万元贴息贷款,帮扶他建起了养牛大棚,购买了20多头牛,一个家庭养殖场顺利建立起来了。

"刚开始,买回来的牛总是拉肚子,还不长肉……要是生病不能及时治疗,那损失可就大了。"面对孙兵反映的这些问题和担忧,柏华多次联系县农业农村局,邀请技术专家上门来实地指导,手把手教孙兵养牛。

3年多时间,孙兵打了一场漂亮的经济翻身仗。目前,他牛棚里的牛产值可达30万元,还不包括已经售出的7头牛带来的10万多元收入。

"没有柏书记的帮忙和鼓励,我再想养牛也只是一个梦想。"孙兵说。

孙兵的故事只是柏华和驻村工作队帮扶乡亲发展产业增收的一个缩影。

当初刚到村时，一切对于柏华来说都是一张白纸。

如何发挥新联村地处秦岭北麓农业优生地带优势，夯实产业发展根基？柏华前往全村农户家里进行调研，面对面了解贫困群众的需求和意愿，对有愿意发展产业的贫困户，柏华帮助他们申请无息、贴息贷款，还引导和帮助有就业愿望的劳动力务工和灵活就业，为他们提供一切力所能及的帮助。

六

"柏书记太不容易了！"

"的确，柏华太不容易了。"

了解到柏华的情况后，大家在敬佩之余无不感叹。1978年2月出生在西安钟楼附近的他，患有先天性白内障，虽经手术治疗视力得到一些改善，但戴着高度数眼镜，白天也只能看清几米远，晚上则是"一抹黑"。而且从小时候直到大学毕业参加工作，一直生活在城市，没有农村生活经历，对关中农村的风土人情并不了解。

此外，他担任第一书记的这个新联村，距离西安市区一百多公里。当时接到这个任职通知后，摆在他面前的困难有三个，一是他的父亲身患食管癌，二是女儿小学马上毕业就要参加升初中择校考试，三是自己本身就有残疾。怎么办？向单位反映家庭实际情况，还是服从组织工作安排？

经过再三考虑，他把顾虑告诉了家人，没有想到家人都很支持他。妻子说："你就放心去驻村吧，照顾父亲有我呢！"女儿说："爸爸，你放心，我会自己照顾自己，一定会考个好成绩的！"

党员的党性是什么？就是敢不敢冲上前线。这个前线，就是脱贫攻坚工作第一线。听了她们的话，柏华很欣慰，第二天便义无反顾地去了。

虽然下定决心去驻村,但是柏华的心里并没有多少底气。

在农村工作生活,对他而言都是很大的考验。

2018年4月的一个傍晚,为了查看一条正在建设的生产路施工情况,他一个人靠着手机的亮光在田间行走,走着走着,突然掉进了田地中的一个沤粪池。挣扎着脱险后,坐在地上的他浑身几乎就要瘫软了。这是他刚到村里不久发生的一件事。

因为视力缺陷,夜晚在没有路灯的村庄里,他总是步履维艰,尤其遇到雨雪天气,走在湿滑泥泞的道路上,跌跤、摔跟头是常有的事。因为视力问题,他也不能开车,所以出行除了坐公交,就只能步行。

面对驻村工作中的各项困境,他从来没有退缩,而是不断探索,努力适应。

初到村里的这一年夏天,他的嘴唇、脸蛋经常被蚊虫叮咬得发肿。他粗略数了一下,全身一度曾经被叮咬了190多个疙瘩,至今他的左手腕还有被蚊子叮咬后的痕迹。

村里没有伙食,他每天要从村上走到镇上去吃饭,每次吃一顿饭来回要走6公里。为了节约时间和少走路,他从最早每天吃三顿饭,变成每天两顿饭,后来索性就只吃中午一顿饭。晚上肚子饿了,就吃方便面充饥。当乡亲们发现他的吃苦精神以及驻村的决心时,才把他真正当作了村里人,什么话都愿意与他说。

柏华说这是他适应农村生活的一个阶段,在艰难中他"闯关"成功。

最让他感动的是,在到村里大约半年后,即2018年底到春节前,将近2个月的时间,他的父亲因病大小便失禁住院,妻子和母亲轮流照顾,为了尽孝和替换妻子和母亲,他每周都要挤出时间陪护父亲两个晚上。每次从村上坐公交车,然后倒车到医院,一个来回要三四个小时。那段时间里他简直累坏了,一有时间就在公交车上睡觉休息。白天他要在村里工作,晚上要照顾父亲也不敢睡实,父亲只要用手轻轻拍打一下床沿,他就要立即回应,为父亲倒水、翻身子等,心中总是害怕慢待了父亲，更害怕因为他的不细心而让父亲受罪。他形容那时的工作生活状态是"拿着西安的工资，上着北京的班"。

得知他的情况，一些乡亲自发去医院看望他的父亲，并为他在精神上积极"打气"。

如此，他心里十分过意不去，在驻村帮扶工作中便更加努力。有时候，也感到很累、很累。每当这时他就用"人生就是一次次修行"来鼓励自己。这样想着，身体仿佛就有了坚持下去的力量。

他总结那时的感受："苦也乐，累也幸福着。"

七

"不干事，对不起乡亲。人家拿心对你，你不拿心对人家？"

在真正融入新联村之后，柏华认为，驻村工作不仅仅是为了完成某些任务，而是一辈子要干的正经事，这个正经事就是为村里做些让乡亲们能够长期受益的实事。

突破口和抓手在哪里呢？

就是抓党建。抓党建就是两委班子团结起来，凝聚全村干部群众力量，心往一处想，劲儿往一处使，形成干事创业的合力。

首先，从抓规范入手。落实农村党组织的各项工作制度，把"两学一做"学习教育、"三会一课""四议两公开"和"农村小微权力清单"等内容固化为支部的常态化"必修课"，不断提高大家的政治觉悟和思想境界。

其次，学习先进典型做法。邀请全国优秀基层党组织——西安市雁塔区红专南路社区党委书记闫中华为村里的党员干部讲授习近平总书记系列讲话，引导村里党员扎实学习好习近平总书记来陕考察重要讲话精神，以及如何做好农村基层党建工作。

加强党组织阵地建设。在文化广场和村部设立党员承诺践诺公示栏、党务政务财务公示栏和公告张贴栏，建设专门的党员活动室、学习室和会议室，形成了极具感染力的党建氛围。

多种形式凝聚人心。组织全村党员赴铜川市照金革命根据地、周至县知行小学等红色教育基地参观学习，坚持每月开展主题党日活动，通过微信群强化流动党员管理，开展升国旗、唱国歌、重温入党誓词活动等等。

"第一次组织党员干部在村广场举行升国旗仪式，那些老党员们个个都穿戴得整整齐齐，按时赶来。看到大家庄重、认真的样子，感动得我当时眼泪都出来了，"柏华说，"这坚定了我的信心。"

许多老党员欣慰地对他说："柏书记，村上支部已经多年没有组织我们参观学习了，你来了，把党员的心聚起来了，我们感到党组织又回来了，就在我们身边，看得见，摸得着。"

针对流动党员、口袋党员的管理，他专门建立党建学习群，把党课课件发到群里，让大家学习。同时，要求在村里的党员"一对一"联系在外的党员，并为他们建立一个档案，在外的党员每年至少要写一次思想汇报，通过这种办法，让他们感到组织在经常关心他们，也使他们不忘关心村子的发展变化。

村里有一个在外打工的流动党员名叫王富强，30多岁，柏华一直督促他借助"学习强国"平台来学习党的重要思想。在2021年的一次检查统计中，他的累积学习时间超过2万小时，成了全村党员干部的学习榜样。

通过坚持开展好党支部日常活动，第二年柏华就发现情况明显改变了，党员干部有了强大的凝聚力、向心力。

抓好党建，其他一切问题便迎刃而解。

村委会的花园、喷泉、村石、活动亭子……都是在外创业的流动党员捐款购买或修建的。村群众文化广场上还安装了电子屏，附近群众早晚可以在广场跳舞。喷泉在晚上还有彩灯，花园的小路和广场地面铺的都是吸水砖，路边全是月季花……每一件事、每一个细节，都倾注了全村党员干部的心血和智慧。

村民老孙说:"过去没人这样操心过我,连一块窗帘都亲自为我去买。"

81岁的老人杨彩花说:"现在的生活是吃得好、穿得好,日子无忧无虑,有人嘘寒问暖,帮扶干部就跟自己的娃一样对咱好!"

如今,艰难险阻面前"党员先行、干部先上"已成为新联村新风尚,而不是一句空话。

八

刀在石上磨,人在事上练。

2020年正月初二,作为主任医师的柏华,得知新冠疫情信息后,他深知疫情的危害性和防控工作的重要性,第一时间打电话给村支书,决定在第一时间做好准备,应对疫情。

面对凶猛的疫情,大年初九,柏华携带了两箱方便面就返回了驻村岗位。与志愿者一起二十四小时值守卡点、巡逻、消毒、宣传防疫知识,扛起了全村的疫情"防火墙"。

因不能上门入户走访,他就用电话、微信,了解村民的情况,第一时间帮助他们解决一些困难。同时,他积极协调单位和亲友为村里募捐防护物资,共募

柏华带领村党员干部在红色基地参观学习

集医用口罩1600个、医用手套2000副,以及若干护目镜、防护服、救灾帐篷、行军床、被褥棉衣等,及时解决了村里防护物资不足的难题。

在疫情最严重的时候,柏华的妻子还想方设法为村里寄去了200个口罩和5个护目镜,并在电话里对他说:"我知道你担心家里,但这个时候你更应该坚守在村上,家里有我呢,你就放心吧!"

那一刻，他被妻子的家国情怀感动。

那一刻，他感到"守土有责、守土尽责"的巨大压力。

其实，早在走出家门的那一刻，他也不知道还能不能回去，还能不能见到自己的亲人，但他告诉自己在这一场没有硝烟的战场上无论如何都不能迟到和缺席。这是考验一名共产党员党性的关键时刻。

村党支部段书记感慨当时的情况："如果不是柏华第一时间来到村上，我真的没有认识到防疫形势的严峻！有他在，我心里踏实。"

柏华说："因为抗疫，我和新联村的乡亲结下了生死友情！"

九

时光荏苒，从 2018 年 3 月起，截至 2021 年 9 月，柏华在新联村驻了三年半时间。

如今在新联村村委会大院，人们一年四季可以欣赏到各种花儿盛放。不仅如此，这里还始终洋溢着一种浓浓的"红色"氛围，这种氛围使人们热血沸腾。

新联村如今成了全县、全市、全省的"明星村"。2019 年被周至县评为"综合治理"红旗村、县级文明村，2020 年被评为周至县"美丽党建红旗村"、西安市"一肩挑"示范村、西安市"美丽党建"示范村，2021 年被评为陕西省村级党组织标准化建设示范村。村支部书记段军平被评为全县"十佳调解能手"、陕西省脱贫攻坚先进个人。

柏华先后获得"西安市优秀共产党员""西安市劳动模范""陕西省劳动模范"、周至县优秀驻村干部、西安市优秀第一书记、"中国好人" 等荣誉称号。他的事迹被陕西日报、西安日报、学习强国、今日头条等多家媒体报道。

十

无论身在何处，或田园、路边，或山崖、沟壑，每个生命都应该像花儿一样怒放，把奋斗的精彩展现在这美好人间，即使是孤芳自赏。这是乡村生活带给柏华的感悟。

事实上，柏华的人生之路处处都写下了"奋斗"和"坚强"。

因为先天性视力障碍，上小学的时候柏华因完成作业不好经常被老师惩罚，他说："那时讲台上总是站着两个人，一个是老师，一个是我。"

面对命运的不公，他没有垂头丧气，随后在残联的帮助下，他进入西安市盲哑学校学习盲文，用细小的手指一点一点触摸感知外面的世界。

13岁那年，他接受了第二次眼部手术，手术后依靠高倍放大镜可以查字典识字、写汉字。为了求知，他付出了比常人多很多倍的艰辛。从西安市盲哑学校毕业那年，恰逢长春大学特殊教育学院首次招收本科生，柏华以第一名的考试成绩被录取，成为陕西省首位盲人大学生。

大学毕业后，面对北京一家按摩医院的落户、高薪等诱人条件，柏华没有动心，至今也没有一丝遗憾。

"我的第一个放大镜就是残联免费提供的，在我成长道路上，残联给了我太多太多的帮助。"柏华说，毕业后之所以选择到残联工作，就是下定决心要为残疾人事业奉献终身。

在同事和家人眼里，柏华就是一个十足的"工作狂"。用同事的话说，让柏华一天不吃饭可以，但是让他一天不工作，他肯定会浑身难受。对于身边人的称赞，柏华总是微笑着说："工作永远是第一位的。"

他从事康复工作以来，组建了西安市第一支辅助器具适配技术团队，在全省率先实现了辅助器具适配全覆盖。7年来，他坚持深入各区县，走乡入户，行程两万多公里，共为7597名残疾人提供专业的辅助器具评估适配15173件，假肢安装831例，助听器验配6346台。为推动残疾人康复工作发展，他写了多项可行性报告，被评为市直机关"爱岗敬业能手"。

业余时间，他利用自己掌握的技能，主动为辖区100多名交通协管员讲授保健知识，与西安交通大学第一附属医院针灸科几位医生一起走进红专南路等社区，义务为周围群众服务。

驻村后，很多人说他是"一个人在扶贫"。因为单位的资源和帮扶力度有限，但要办的事却很多，从想点子，找相关部门咨询，跑项目，到项目落地……他只能靠自己，无人能够替代。其中的艰辛，别人无法体会，而他也无法与外人说。

2019年六七月份，根据他的身体情况，他完全可以申请回到原单位，但是他没有申请，原因是不好意思走，不能走，不愿意走，他认为自己还没有为乡亲们办成多少大事情，还有很多事情都在谋划和实施过程中。

如今，村庄变了，大家生活有了奔头，乡亲们的心也跟着亮堂了。

走在空气清新、景色秀美的新联村，处处都有乡亲们辛勤劳动、为美好生活奋斗的身影。而在他们的身后还有一群像柏华一样冲锋在前的党员"尖兵"，时刻与大家同风雨、共战斗。

在这个五彩斑斓的世界中，有很多事情我们无法感同身受。如柏华无法像正常人一样，体验光影变化，但是他从小自立自强、努力学习，走上工作岗位后爱岗敬业，拼搏奉献，向人们诠释了他的大爱情怀和崇高的精神追求……

十一

2021年9月1日下午，柏华正在村上办理第一书记工作交接手续，翠峰镇党委书记郭忠智打电话邀约他，言称无论如何，晚上都要和他一起吃顿饭，算是为他饯行。盛情难却，他在交接完驻村工作后，按照约定赶到了餐厅，结果发现不止郭书记一个人，而是坐了满满一桌人，党委、政府班子成员一个不少，一个也不多，都到齐了。

镇党委书记和镇长两人都在翠峰镇任职不久，但是他们很快就听说了柏华的驻村事迹，并被他的无私奉献和勇于担当的精神所感动。

离开新联村前，柏华还特意联系周至一家药房投资3万元，为村里 100 户赠送 300 元的购药卡。同时他还做出了一个决定——保留康复理疗室。虽然此后不再在村里常驻，但他还会继续利用业余时间，为乡亲们做义务理疗服务。

乡亲们深受感动，很多人默默地哭了。

"我就是新联村这片土地上的人，一切帮扶工作都是应该的。"柏华回应当地干部群众时说道。

在挫折中前行

人一定要有尊严地活着。或者说，人活着本质上就是为了追求和获得尊严。

那么，尊严是什么？

有人说，尊严就是有骨气、有志气、有底气。

有人说，尊严就是自尊、自信、自强、自立。

有人说，尊严就是人格平等，受人尊重、尊敬，不被人同情或歧视。

然而，人又如何赢得尊严呢？

"我始终觉得，真正的平等就是忘记自己的缺陷，笑对挫折，用奋斗拼搏为自己赢得尊严。"西安鸿鹰影视文化传媒有限公司董事长王磊说道。

熟知王磊的人，深知这句话没有一丁点儿的水分，因为这是他真实的生命体验。

一

1968年6月出生于西安的王磊，1岁多时患小儿麻痹症导致下肢残疾。不幸中的万幸是，他的腿还没有严重到需要坐轮椅的程度。

由于身体残疾，他走路的样子不像健全人那么端正，甚至有些难看，因而小时候经常受到伙伴们的嘲笑和歧视。为此，他在背地里哭过多次。

曾经，多少次他在心底默默地呼唤别人理解和尊重自己，甚至为了换来别人的尊重还经常讨好伙伴们。后来，他发现无论自己怎么努力与伙伴们处理好关系，依然得不到他们的理解和尊重。由此，小小年纪的他就思考一个人生问题：我就这么一辈子被人瞧不起吗？

幸运的是，他一开始就遇到了一位精神上的导师，这个人就是他的父亲——陕西师范大学数学系的教授。父母的关爱让他从不缺少温暖，父亲教导他要奋发努力，自强、自立，一辈子不能依靠任何人。小时候虽然不能完全理解父亲勉励的话语，但是随着慢慢长大，他明白只有自强自立，不依靠社会和他人，才能一辈子有尊严地活着。

正是在这种思想的影响下，他在青少年时期就养成了与命运暗暗较劲、争强好胜的性格。在学校读书阶段，他特别自立自强，在生活上不依赖别人，在学习上也没有让老师和父母失望。

1986年的秋季，18岁的他顺利高中毕业。没有考上大学的他并没有消沉颓废，而是积极地寻找适合自己的就业之路。

经过一年多的医疗按摩知识自学，他在1988年进入西安市残疾人福利按摩医院从事医疗工作。

谦虚好学的他，在干中学，在学中干，很快熟练掌握了医疗按摩技能，在服务中深得患者好评。这意味着，他可以依靠一技之长养活自己，过上体面的生活。换句话说，如果他能够把这一份工作坚持做下去，人生也同样精彩。

后来，不满足于这一份稳定工作的他，决定顺应改革开放的大潮，投入自主创业大军之中，立誓要干出一番事业来。

辞职后，他不顾自身行动不便，先后在山东、河南、内蒙古等多地进行实地考察调研，凭借自己敏锐的市场洞察力和开拓进取的精神，多次投资医疗行业。

然而，当他真正开启了创业路之后，却迎来了一次又一次的失败和打击。他意识到创业并不是他原来想象的那么简单，也很难按照他的规划和预想一帆风顺地开展。

抱着一种不服输的信念，在屡屡挫败中，他坚持不断总结教训，积累经验。在一次次失败后，他始终选择微笑面对和重新开始。

或许，他的坚持努力感动了上天，有一股力量在暗中帮助他。2005年，他终于在汉中成功创办了"汉中佳和美生殖健康医院"，该医院经过多年的发展，目前已经获得二级医院资质认证。

至此，他经历多年的艰辛打拼，可谓实现了事业有成。

二

绝大部分人只看到了王磊成功的喜悦，却不知道他经历了多少辛酸。

在曾经艰辛创业中，命运还给他开了一个不小的玩笑。1994年，两岁多的儿子被诊断为自闭症。为此，他们一家人好长一段时间都缓不过劲儿来。

如果在抱怨命运不公的苦恼中不能自拔，结果只会更坏。

改变现状的前提是接受现实。作为父亲，为了让孩子将来能够自立自强，他一方面带着儿子四处寻求方法进行康复治疗，另一方面坚持训练和培养儿子的特长，希望有合适的机会，能够给儿子提前找个自食其力的事情干。

尽管他们夫妇付出了常人难以想象的努力，但结果并不理想，长大了的儿子到处找工作，没有一家单位愿意接收他。

曾经有段时间，只要一想到儿子的前途，王磊便陷入了无尽的

王磊和他的儿子

担忧和烦愁里不能自拔。

究竟怎么办？想到儿子王泽宇从小对动画感兴趣，他横下一条心，决定大胆一试。2014年，他创办了一家影视动漫公司——西安鸿鹰影视文化传媒有限公司。为了儿子，也为了更多的残疾人。

这一创举在当时堪称新奇。他当时在市场调查中发现，国内的动漫电影中竟然没有一部残疾人创作的作品。"这样做，不仅可以为儿子圆梦，还可以带着残疾人朋友一起从事动漫创作，制作一部真正属于残疾人自己的动漫作品，这是一件多么快乐的事情。"

但是，当他把家里的积蓄全都砸进去了以后，却没有看到一点效果和收益。

总结失败的原因，他认为主要在于从事这项工作的残疾人都没接受过专业的技术培训。

失败的原因找到了，但如何解决呢？

2017年在陕西省残联、西安市残联和雁塔区残联的大力支持和帮助下，特别是雁塔区政府积极协调解决用房等方面困难，促使他顺利创办了一所针对残疾人的动漫培训学校——西安鸿鹰影视动漫培训学校。

在雁塔区残联的直接参与下，新成立的这所技能培训学校从全国各地聘请了计算机图形专家、数学专家、流体力学专家、材料力学专家等组建了一支国内一流的"融合式团队"。

这所学校的成功创办，促使西安鸿鹰影视文化传媒有限公司的业务取得了实质的飞速发展。当年 11 月 30 日，西安鸿鹰影视动漫培训学校被确定为"西安市残疾人就业培训基地"；2018 年 9 月 6 日，被确定为"陕西省残疾人创业就业培训孵化基地"。作为省、市残疾人就业培训基地，西安鸿鹰影视动漫培训学校为残疾人提供影视动漫、计算机编程、电商自媒体、平面设计、办公自动化等技能培训，不仅不收取任何费用，还向困难学员提供免费食宿、就业服务等帮助。

王磊早已把这些学员或员工当作了自己的孩子，工作上悉心教导他们，生活上关怀他们，让走进公司的这些残疾人如同回到了自己的家。

在这个家，他主导一个观念："不能把自己当作一个残疾人，我们只是身体的某一个部分出现了障碍。"

在坚守和探索中，他们取得了胜利。目前，西安鸿鹰影视文化传媒有限公司和西安鸿鹰影视动漫培训学校已成功培养 600 多名"动漫师"。

"幸福都是奋斗出来的，只要努力，就会改变不完美的生活，"王磊说，"这是人生的一条基本规律。"

三

2019 年，新中国成立 70 周年。

王磊和身边的孩子们用了将近一个月时间，夜以继日工作，拍摄了题为"雁塔微光——壮丽七十年 红雁奋向前"系列宣传片，其中第四集《幸福都是奋斗出来的》，全面、立体地展现了鸿鹰影视动漫培训学校一群残疾人追逐梦想的情景和感人事迹。

该影片放映后得到社会广泛关注，引起国际有关机构和组织的关注，"鸿鹰人"的光辉形象从此走出了国门，将陕西残疾人的风采展示给了世界。

同时，由他们 150 余名残疾人，经过 5 年努力制作的原创动画电影《花千谷之花魂之路》，精彩呈现了这个年轻团队心中的动画梦。

这是国内首部以残疾人为主创的动漫电影。该片成功入围2019年北京国际电影节,残疾人真正意义上回归社会、融入社会,实现了就业的梦想。

当然,在这成功的背后,他们付出了超常的辛勤和努力。

王磊举例说:"比如想要让动画片中的花海看起来更柔软、更鲜艳,让蒸笼里的包子看起来更令人有食欲,都离不开'渲染'这个环节。常青在动画制作中负责的就是这部分工作。"

王磊在向中残联、省残联领导介绍公司业务情况

1988年出生的常青,原本是一个健壮的男孩,读中学时成绩很好,然而在16岁那年遭遇了一场车祸,导致他的身体高位截瘫,自此辍学在家。

看到他越来越消沉,家人和朋友们鼓励他走出家门,多参与社会活动,多了解社会新生事物。一次,他在网上看到了公司创办的这个职业技能培训学校后,便抱着试试的心理来到了这里。经过6个月的培训学习后,他参与到动漫电影《花千谷之花魂之路》的制作中。由于身体原因,他开始工作时速度比较慢,但是他不放弃,也不气馁,常常练习到很晚才休息,直到能够熟练操作。

"渲染"的上一个环节是"着色",负责这项工作是一个叫胡月的姑娘。她在初中毕业后曾做过服务员,但因为听力和语言障碍,难以适应工作,后来残联推荐她到这里参加动漫电影制作课程培训,她便爱上了这份工作。

需要胡月着色的动画模型,则是由李彦增来完成的。由此,李彦增与胡月、常青一起组成了默契的"铁三角"。

因为小脑发育不良，李彦增的四肢不灵活。他之前曾到多家公司求职，屡屡碰壁，自从学习了动漫制作，参与电影制作后，他收获了很多的自信和快乐。

"残疾人最需要的不是同情和怜悯，而是一个平等参与竞争的机会。给他们一个平台，让他们有尊严地去追求梦想。"王磊说，"这个动漫电影的剧本、人物形象、音乐都是团队商量着完成的，尤其是剧本，他们团队大致讨论修改了100多遍。"

"对残疾人而言，高质量的工作并非单纯以收入多少来定，而是他们是否可以通过这个岗位找到自信和未来发展的路。"从自身经历以及和残疾人打交道的过程中，王磊认识到找回自信是残疾人实现人生梦想的第一步，也是最重要的一步。

在王磊看来，电影上映后票房高低、叫不叫座都不是最重要的，最重要的是这部电影是这个残疾人团队创作的第一部完整的作品，就像一粒种子，会在未来繁育出更多的果实。

"每个人都有梦想，我也有，我的理想是拍电影。"看着儿子一笔一画写下自己的梦想，王磊笑了。

在创业的过程中，王磊感受到，在这个信息化时代，只有利用移动互联网，才能更好地实现公司文化价值的传播。不仅如此，自身也要有互联网思维，这样可以打破地域限制，更好地为残疾人提供服务。在这个思路下，他又在培训学校的基础上创办了"单翼天使"残疾人互联网服务平台。

王磊和他的团队部分成员

这个平台，以残疾人培训就业服务为宗旨，服务范围涉及残疾人政务直通、培训创业服务、残疾人线上社交与心理咨询服务等多个板块，可为残疾人提供新媒体运营、电商运营、网页设计、计算机编程等高端行业就业岗位。

王磊说："在这里最重要的是有一种平等的氛围，没有人会因为你是残疾人而让着你，同时大家还看重一个人的品行、能力和信念。"

在带动残疾人创业过程中，他发现自己肩负的不仅仅是尽力让更多残疾人学技能、能就业的使命，还肩负了发展残疾人文化产业的使命。

就这样，在不知不觉中，王磊被时代牵引和推动着，承载着新的光荣与梦想，走在了新的征程上。

四

在经历寒冬的孕育之后，生命绽放出了美丽的花朵。

如今，王磊已经创立多家公司，特别是在残疾人文化产业创业就业和计算机培训领域开创出了一条崭新的道路。他和团队的奋斗事迹广为人知，新华社、人民日报、人民网、陕西日报、腾讯新闻、陕西广播电视台等多家媒体对此进行过宣传报道。

"我不是无所不能，但是我可以尽我所能帮助需要帮助的人。"王磊说。

除了扶持残疾人就业之外，多年来，他和他所在的医院还积极参与、组织 2008 年汶川地震和 2013 年雅安地震救灾等公益活动，为受灾群众和残疾人进行免费诊疗，救治有特殊困难的残疾人。在新型冠状病毒感染疫情防控中，他不光是见证者，也是参与者和贡献者，向雁塔区红十字会捐款 2 万元。

2021 年，为助力在西安举办的第十四届全国运动会和全国第十一届残运会暨第八届特奥会顺利圆满举行，王磊捐款 10 万元。他说："不为抛头露面，只为表达对全国体育事业尤其是残疾人体育运动事业的一份支持和爱心。"

据不完全统计，目前王磊个人及公司已累计为残疾人公益事业捐款捐物达50多万元。

2019年5月，王磊被人社部、中国残联评选为"全国自强模范"，5月16日，在北京参加第六次全国自强模范暨助残先进表彰大会时，受到习近平等党和国家领导人的接见。

载誉归来，西安市雁塔区残工委在陕西社会主义学院举行他和全国自强模范魏国光先进事迹报告会，号召全区残疾人朋友以他们为榜样，自立自强，顽强拼搏，共创美好未来。

在这次会上，面对社会各界人士代表，王磊真挚地讲述了自己成长、创业的奋斗历程。

"虽然天生不幸，但我并不希望大家因为生理上的缺陷而同情我。"王磊说。

在会上，他深情而又自信满满地告诉大家："身体残疾，与其自暴自弃，在沉沦中消极等待帮助或施舍，我更愿意尝试在笑对挫折中前行，在奋斗中品鉴人生，在拼搏中成就梦想。"他的这种积极进取的人生态度，不仅启发鼓舞了残障人士，而且对所有人都有着积极意义。

五

王磊认为只有奋斗才能为自己真正赢得尊严。

2021年10月，中央广播电视总台第9频道纪录栏目，播放为他拍摄的《美丽人生》专题节目，用30分钟报道了他精彩的创业历程和助残事迹。包括第29个"全国助残日"到来之际，国务院新闻办举办的中外记者见面会上以及天津举行的全国第十届残疾人运动会暨第七届特殊奥林匹克运动会开幕式等多个公众场合，他作为全国自强模范代表进行现场发言。在分享自己的人生经历及感悟时，他讲道："我们需要承认和接受残疾的事实，但不可以接受平庸和颓废，残疾不是愤世嫉俗的资本，更不是消极堕落的借口，只有顽强拼搏、不屈不挠，才能把握自己的命运……"

更多的时候，他坚持向社会呼吁："希望大家在了解、帮助我们残疾人的时候，能够懂我们，知道我们真正需要什么，而不是一味地同情和可怜我们。只有这样，才能更好地帮助我们回归和融入社会。让我们残疾人感受到平等、尊重，这就是对残疾人最大的帮助。"

多年来，无论失败，还是成功，他都从不吝啬分享自己的生命感悟，只要有单位或个人邀请他去做报告，他一般都会答应，即使再忙，也会尽力满足听众的愿望。而每一次，他也从不忘记呼吁社会要以正确的方式关心关爱残疾人，如果方式不当，有可能还会变成一种伤害。

无论在何时何地，只要他分享他的人生故事，台下总会响起一阵阵热烈的掌声。那是听众对他由衷地敬佩和赞许——他和他带领的团队始终充满信心走在奋进的路上。在奋进中，他们不断实现人生的一个又一个梦想，也不断获得生活的快乐，赢得真正的尊严。

王磊在冬残奥会火炬传递现场

这里有一个事例。

2022年3月2日上午，在张家口市举行的北京2022年冬残奥会（张家口赛区）火种采集仪式上，王磊作为火炬手完成了桥东"创坝"园区第十棒火炬的接力。

当日上午9点，当他从第九棒火炬手手中接过火炬的时候，感觉有一股暖流瞬间从手中传到了心头，顿时觉得浑身充满了力量。"那是一种无形的力量，催人奋进，脚下的步伐感觉也随之轻快了很多。"平时走路都有些费劲的他，在火炬传递现场，毅然拒绝了组委会提供的轮椅护跑服务，一路自信向前。

此时此刻，在全世界人民关注的目光中，他的脸上洋溢着从未有过的自信，心里浸润着从未有过的快意。

在接受媒体的采访时，他说出了一句鼓舞人心的话："我希望可以让更多人看到并相信，残疾并不可怕，只要我们努力，一样可以成为万众瞩目的人。"

唱响奋斗之歌

人无论站在什么样的舞台上，都应该谱写一首昂扬向上的奋斗之歌。这个舞台需要自己去寻找，去发现，去搭建，或者说需要依靠自身努力去争取，去赢得。同时，人应该珍惜在每一个舞台上的每一次表演机会，认真扮演好角色，唱响人生奋斗主题歌，唱响生命主旋律，唱响生活精气神。观众的喝彩与鼓掌不重要，重要的是每一次歌唱都用尽了全力，在回忆过去时能无憾地说一句"我对得起自己"。

有一部名叫《惟舞青春》的微电影，大致就表达了这样的思想。

提到这部微电影的创作和拍摄缘由，总制片人鱼健曾说到一个细节："有一天，我走在街上，看到一个残疾人跳舞，其实他跳得并不好，可我从他的眼神和自我陶醉的状态中看到了一种积极乐观的精神。正是这种对待生活的态度打动了我。这种生活态度也是每个人都应该有的。"

而让鱼健最感动的还是从现实中走进电影里的这个人物——全国自强模范吴亚明，曾经在世界锦标赛上获得射击冠军，在两届全国残运会上获得射击冠军，早年以唱歌走红，直到今天在歌坛上还风采依然。

"这部微电影的主题很励志，其内容也恰恰有我年轻时候的影子。"吴亚明说。在现实生活中吴亚明始终保持着自信，并没有因身体残疾而怨天尤人，反而奋进意志更坚定、拼搏劲头更大。站在人生的舞台上，他始终对命运充满感激之情："上帝为我关上了一扇门，却为我打开了多扇窗。"

回望60多年的生命历程，他说了一句常人难以理解的话："残疾让我成了强者。"是的，在追求梦想和幸福的路上，他没有辜负每一寸时光，微笑面对一切困难，坚持不懈，最终成就了一番事业。

一

1960年9月，吴亚明出生在西安一个知识分子家庭。父亲和母亲都是知识分子，特别是从事曲艺工作的母亲，带给了他无形的影响和熏陶。小时候，每当听到母亲歌唱，他的小嘴巴也会跟着"咿咿呀呀"。

可是在他大约两岁时遭遇了人生的一次厄运，那时他刚刚学会走路不久，因为患小儿麻痹而落下了后遗症，双腿严重残疾，从此丧失了站立行走能力，以后双拐和轮椅便成为他永远的"双腿"。

虽然双腿残疾，但在父母的关爱下，他和别的孩子一样健康成长。他的内心里也从没觉得自己和正常人有什么不同。"我与生俱来有一种倔劲，从小就觉得，别人能干的事情，我也一定可以干。"所以，吃饭、穿衣、洗漱、上厕所等，小时候他就能做到完全自理。从上小学到初中、高中，性格刚强的他，生活上几乎没有给他人增添多少麻烦。在学习他也十分上进，成绩虽不是名列前茅，但是也并不落后。

高中毕业不久，在各方面政策的照顾下，他顺利进入西安中山门一家弹簧厂上班。此前，在家庭和学校的关照下，吴亚明并未感到生活的艰辛和社会的残酷，然而步入社会，他感受到了工作和生活的复杂和不易。

因为他身体残疾，很多同事都把他看成是厂里的累赘、负担，认为他"照顾自身生活都是问题，咋能干好工作呢！""生产弹簧产品不是说着玩玩就能出来的，而是要出力劳动的！""要是在厂里混日子还差不多……"

在种种歧视和怀疑中，吴亚明曾经一度暗自伤心。好在他能够正确面对当时的处境，没有自暴自弃，很快从大家怀疑的眼光和议论声中振作起来，并在心底发誓："我一定要干出个样子来！"

那么如何才能干出个样子来呢？

他给自己提出了三条要求：首先，遵守工作纪律和各项规章制度，跟着师傅认真学习，掌握做工技术，踏实努力，认真完成每一天的工作任务。其次，每天比别人多花费一些时间，尽力多做一些力所能及的事情。第三，想方设法提高工作效率。

爱观察、爱思考的他，不久就在实际工作中发现了一个问题：工厂的弹簧产品全部出自工人手工制作，因而生产出来的弹簧不但大小、弯曲程度不统一，还费时费力。因而，在业余时间，他就经常思考这样一个问题：如果能够根据客户的不同需求，制定不同标准的模具，每一个生产批次都能统一大小和弯曲程度，那么这样的弹簧产品质量就会大大提高，而且还会有更广阔的市场前景。

经过反复思考琢磨，他利用自己修理电器的特长，找来电极进行实验模具加工，结果实验很顺利且取得成功，厂里因此决定将原来由人工创作的弹簧产品改为机械化生产制作，不仅提高了产品质量，而且还大大提高了生产效率。

这一技术创新成果在厂里的推广应用，让领导和同事们对他刮目相看，纷纷称赞叫好："那个坐轮椅的小吴不得了！""没看出来这小伙子还是个善于钻研的人才！""小伙子有前途啊！"……

一时间，吴亚明在厂里出了名，自然也成了厂里的"香饽饽"。

二

当改革开放的春风吹向全国，各地的商业迅速发展呈现日新月异之势，在工厂上班的吴亚明坐不住了。

他是多么想在日益繁华的世界里闯一闯，又是多么想深情地告诉世界："你们敢闯敢干，我为什么不能去闯，又岂能干不好？！"

1983年，万物复苏，春意盎然。经过一番思想斗争后，吴亚明决定"下海试水"。

第一次"冒险"成功。他没有告诉单位任何人，而是悄悄在西安东六路租了一间门面房，计划开商店经营烟酒零售，并取店名为"小不点"。

好运似乎在眷顾他。第一次进货，他毫无经验，只是凭着感觉，托人从外地购进了几箱香烟，结果在一天内就销售一空，净赚了90元钱。这个数目对于当时的吴亚明而言，无疑是一笔巨款，因为他辛辛苦苦上一个月班才能挣20元钱的工资，而当下一日的收入相当于他四个半月的工资。

因此，他果断辞职，走上了一条漫漫经商路。

那个时候，在还不算繁华的西安大街小巷，经常能够看到他手摇着轮椅奔波在批发市场和送货的情景。尽管每天很辛苦，但是他干得很快乐。

初次创业的成功，让他有了一定的资金积累。随后，他不仅购买了住房，还购买了门面房。与此同时，还收获了爱情，并在1987年结婚，小日子也过得红红火火。

岂知商海沉浮难以预料。十年后的1997年，他与认识的一位新加坡华侨约定投资经营一款学习机产品。于是他卖掉60多平方米的门面房凑够了15万元，投到此项产品中，但因为不懂市场行情，最后落得血本无归，以失败收场。

在不得已的情况下，他只身去了兰州，在哥哥开的酒店里打工，希望找到新的创业之路。

然而，创业的挫伤还没有完全愈合，长期两地分居，夫妻感情又亮起红灯。无奈，两人结束了婚姻。

彼时的吴亚明万念俱灰，甚至有了死的念头。然而，当看到健康可爱的儿子，他就在内心一遍遍提醒自己："不能，千万不能走绝路啊。别忘了，你还是个大男人，还是一个父亲。"

他告诉自己天无绝人之路，只要坚持不放弃就一定会有出路。

这时，一个叫范永梅的女人来到他的身边，给予他极大精神鼓励，他就像吃了灵丹妙药一样，从一蹶不振中很快恢复了奋发进取的斗志。

这个女人不久成了他的妻子。

正是在这个女人的支持下，他跑到各个市场进行详细调研，在陕西咸阳开了第一家烤鸭店。

由于经营有方，仅仅用了两年时间，他的烤鸭店经营面积就从400平方米扩展到了800平方米，成为咸阳街巷家喻户晓的品牌店，客人每天就像潮水一样涌来。

三

这个烤鸭店的成功，让吴亚明的事业像是重新插上了腾飞的翅膀。

在妻子的支持下，吴亚明重新返回到他喜欢的射击场。此时，肩负着为国家争取荣誉的使命，全力以赴，把所有的精力投入到射击项目的训练和比赛当中。

在这项体育运动中，他不仅收获了快乐，还练就了坚强不屈、奋勇拼搏的意志，他的生命也因此绽放出夺目的光彩。

提及体育运动比赛，一般人都会以为这与下肢残疾的人无缘。吴亚明当初也是这么认为的。然而，有些事情仿佛是冥冥之中就安排好的。

那是1986年5月的一天，省体委的一位工作人员突然上门找到吴亚明，苦口婆心，希望他能够参加残疾人体育项目比赛。这让吴亚明十分吃惊，因为他从来没有接触过体育项目比赛，也从来没有想过这件事情。与这位工作人员交流后他得知体委的几位同志此前在一档电视节目中看到他唱歌，尤其是他在舞台上表现出来的那份自信，让他们相信他搞残疾人体育运动也一定能行。

无疑，这是命运的又一次垂青。

这位"伯乐"的突然来访，彻底打乱了吴亚明的正常生活。当时他的歌唱事业正处于辉煌时期，各类演出邀请已经让他忙得够够的了。鱼和熊掌不可兼得。这该怎么办？在他看来，毕竟体育运动项目不是自己的优势，即使参与其中，他也是"半路出家"，能否在这方面取得成绩，他一点底气都没有。如果断然放弃，那么就可能少了一次改变命运的机会。

吴亚明遇到了人生最艰难的一次抉择，不能不谨慎思考做决定。那些日子，这件事重重地压在了他的心头。

经过认真考虑，在一次从外地演出回到西安的当天，吴亚明就主动来到省体委报到。性格好强的他当时心想，既然命运给了自己一次别的机会，就要牢牢地抓住它，勇敢地拼搏一回，把常人眼中认为的不可能变为可能，或许就会创造新的人生传奇。如此，即使是失败了，也不会后悔。

对于他的到来，省体委的领导和同志们非常欢迎。经过考虑，教练为他安排的体育项目是"轮椅竞速"。在两个月的集训后，他代表陕西队到唐山参加第二届残运会"轮椅竞速"项目比赛。在100米和800米"轮椅竞速"两个项目中，他果断放弃了100米的项目竞赛，勇敢参加了800米的项目竞赛。

因为求胜心切，吴亚明拼尽了全力，可是没有想到进入比赛不久，他的双手就被做工粗糙的轮椅磨破了，鲜血瞬时顺着双手不断流下，而那时他浑然不觉，只顾奋力向前冲刺，坚持"跑"完了赛程。

当比赛结束时，他才发现自己的双手已经完全成了两只"血手"，教练赶忙拿来纱布帮他包扎，包扎过程中他没有说一句话，也没有露出一点难堪或痛苦表情，而教练却忍不住，眼眶都湿润了。

这一次"轮椅竞速"并没有获得名次，但并不影响教练对吴亚明充满信心。

"这个不行，咱就换别的项目。"教练实在不想放弃吴亚明这个"好苗子"，于是让他改为参加射击比赛项目的训练。

谁知射击项目正好是吴亚明的天赋所在。

刚刚接触到射击项目，吴亚明就发现他在射击方面有着敏锐的感觉，而且自然地喜欢上了这项运动，从此专心投入到射击训练中，不断提高射击水平。

1987年是他训练最为辛苦的一年。刚开始参加射击训练的他，相比已经训练了好几年的运动员，差距非常大。如果要追赶超越，就要付出超常的努力。为此，他要求自己每天晚上12点团队训练结束后，自己再偷偷地训练两个小时。这种意志力连他自己都觉得非常惊讶。

功夫不负有心人。1988年在湖南湘潭举办的全国残疾人射击锦标赛男子步枪立射项目比赛中，吴亚明夺得第一名。

此后，在世界和全国射击比赛中，吴亚明屡屡获奖。1989年，在南京举办的残疾人射击邀请赛上，他以多出第二名一环的成绩获得第一名。同年9月，他被选拔参加在日本大阪举行的远南残疾人运动会，这是我国第一次选派射击运动员参加此项赛事。在没有教练，装备又很落后的情况下，吴亚明取得了第三名的好成绩。1992年，在广州举办的第三届残疾人全运会上，他在男子60发立射中，夺得冠军。1996年，在大连举办的第四届残疾人全运会上，在男子60发立射中，他打出了588环的好成绩，打破了这个项目的残奥会纪录。当时一位资深教练预言这个纪录会在很长时间内无人打破。这位教练的预言得到了证实，目前过去了二十多年，这个纪录依然无人打破，连吴亚明自己也未超越。

随着年龄的增长，如今他虽然还在坚持参加射击比赛，但争取名次的决心已没有过去那么强烈了，客观原因是身体素质持续下滑，主观上是他更希望通过参赛保持奋斗拼搏的姿态，收获奋斗拼搏过程中的快乐。

吴亚明射击打把时的姿势

相对于追求歌唱事业，吴亚明坦言："体育竞赛更富有挑战性，更能够体现自强拼搏精神。"

四

唱歌曾经是吴亚明生活的主色调。在奋进的路上，他用歌声唱出了自己的向往，唱出了青春的梦想，更唱出了光彩夺目的人生，而在参加体育运动之后，他则把歌唱变成了生活的插曲。

一切皆有缘分。因为母亲和家庭环境的熏陶，吴亚明从小就对音乐产生了浓厚的兴趣。他至今仍清楚地记得，小时候家里经常举办家庭晚会，每次他都会在晚会上表现一下自己，要连续唱几首歌。在大家的鼓励下，他还真是越唱越来劲儿，越唱越像那么回事儿。

时光悄悄流逝，转眼间他就到了20岁的年纪。幸运的是他高中毕业后找到了工作，而且因为这种爱好和特长，他的业余生活变得丰富多彩。

一个偶然的机会，吴亚明见到了一位归国华侨带回来的吉他，这让他足足震惊和好奇了好几天——原来，吉他的声音那么好听，还可以一边唱歌一边弹奏。这让当时的他多么向往拥有一把属于自己的吉他，然后可以天天自由弹奏。那时，他最大的愿望就是吉他和他的主人能够住在他家。

说来也巧，父母的这位华侨朋友果真就暂住到了他们家，这给他带来了前所未有的兴奋和快乐。大概半年的时间里，他有幸天天跟着这位华侨朋友学习唱歌和吉他弹奏。

这位音乐老师被他的聪明和热爱打动，毫不保留且不厌其烦地教授他弹奏吉他的方法技巧。

勤学苦练，技艺必然日有所增。至今，他都无法忘记这位老师的恩情。可以说，这位老师在当时给了他无形的精神引领。

因为热爱唱歌，随后他便得到了一次意外的收获。

1982年，陕西省残疾人福利基金会成立的当日，在省政府礼堂举行了一场文艺晚会，吴亚明被推选作为残疾人代表参加当晚的文艺演出，这是他第一次登上舞台，心情十分激动。

当摇着轮椅的他如痴如醉演唱《迟到》这首歌曲到一半的时候，发现跳舞的人陆续停了下来，起初他以为大家不喜欢他唱的歌，随后又发现大家慢慢地向他围拢而来，静静地倾听或陶醉在他的歌唱里。顿时，一种从未有过的成就感、满足感从心底奔涌而来。

此后，吴亚明这个名字成了陕西残疾人的一面旗帜，受到了社会广泛关注。吴亚明也及时抓住了这个机会，与一位老师联合创办了"陕西西部艺术团"，既为自己找到了一条创业路子，也让自身的特长和优势得到有效发挥。

那时候，他们采取的展演方式是在演唱流行通俗歌曲过程中穿插时装表演，这种引领时尚的娱乐方式和"前卫"的营销活动，受到市场欢迎。这种活动一场接着一场，一时间在西安引起了不小轰动，也进一步鼓舞了吴亚明奋斗的劲头。

眼界的开阔，策划组织活动经验的积累，催生了吴亚明和西安9名残疾人朋友终生难忘的堪称"壮举"的一次行动。这是1985年的春季，他们10人应邀到北京参加马拉松国际邀请赛，为了展示自强不息的拼搏精神，他们放弃坐火车的计划，相约一起手摇轮椅从西安到北京。3月18日这天,他们正式从西安出发,历尽千辛万苦,29天之后,他们一个不少地到达了梦想的北京天安门。

也是这次机会,吴亚明第一次见到了张海迪。激动之余,他给张海迪连唱了几首歌……

听完吴亚明的歌曲,受到感染的张海迪也即兴为大家演唱了一首英文歌曲《鸽子》,吴亚明便用吉他为张海迪伴奏,现场的气氛热闹极了。这一次欢聚的情景,他们至今都经常提起。

后来,吴亚明在演唱圈子里出了名,成了残疾人群体中的"明星"。

1988年,陕西省举办首届通俗歌曲大赛,在300多人参加的初赛中,吴亚明自弹自唱了一首《山花》,完全征服了现场的评委们,感动得大家都掉下了眼泪。正是这首《山花》,让他在这次大赛的总决赛中获得了第一名的好成绩。此后,在西安市举办的通俗歌手大赛中,他再一次拔得头筹。

1991年,在省体育场举办的一次"中国明星"演唱会上,他受邀与陈佩斯、李玲玉、韦唯等众多明星同台演出。伴随着观众期待的目光,他自弹自唱了《重整河山待后生》这首歌曲,瞬间就赢得了满场的掌声、叫好声。

他的歌声不仅带给许多残疾人生活的勇气和欢乐,也鼓舞健全人坚持奋斗拼搏。

一位当年听他歌唱的下肢残疾小姑娘至今还和他保持着联系。在给他的一封信中,这位小姑娘这样写道:"残疾的我一直觉得生活没有色彩,也没有乐趣,可是听你唱歌,看你充满自信的样子,我感到残疾人原来也可以活得像你一样精彩……"

随后,吴亚明在歌坛不断受到关注。他曾获得残疾人文艺调演西北第一、全国第三的好成绩,还登上2007年在人民大会堂举行的"同一首歌"演唱会的舞台,在"放歌中国"全国音乐大赛决赛中斩获三等奖……

在日益走红的过程中，吴亚明没有忘记初心，始终珍惜机会，坚持谦虚求教，勤学苦练。

在歌唱事业走向辉煌之前，一个偶然的机会他走上了射击之路。

他的这种人生机遇，便是人们常说的"越努力的人越幸运"。

五

欢乐世界是自己创造出来的。

在日常生活中，吴亚明展现给别人的始终都是积极向上的阳光形象。年过六旬的他，看起来还是那么充满朝气和活力。在他的额头上看不见岁月的沧桑，在他的衣着上看不到年龄的印记。

吴亚明的解释是："无论参加任何社会活动或任何比赛，我都会把自己收拾得精精神神的，不会也不愿意去展现由于身体残疾而带来的邋遢的一面。我就是要坚持处处传递正能量，而且要让自己始终是一个能量体。"

"作为一个残疾人，最根本的是要通过个人的努力赢得社会的尊重，让大家摒弃'残疾人能干啥？''啥也干不成'的疑惑和看法。"这是吴亚明奋斗的动力，也是他拼搏奋斗后的人生。

一路走来，他战胜了身体残疾带来的种种不便和困难，不仅在歌唱上赢得了广泛的知名度，而且在体育方面夺得了世界和全国射击比赛多项奖项，为社会大众树立了一个良好榜样。在创业的路上，他还是陕西"残疾人自主创业先进个人"，在曲江创办的"北京正阳门"餐饮店早已成为西安的一家品牌企业，先后解决包括残疾人在内的80多人就业。

如果要问他企业的经营秘诀，那就是诚信经营和培养、爱惜人才。

为了坚守信誉，只要他在餐饮店里上班，就必然亲自检查采购的食材。尽管店里建立了严格规范的管理制度，但是他如果有事外出，还会再三叮咛大家不能马虎。

在创业过程中，他经历了许许多多别人所不曾经历的酸甜苦辣，也遇到了许许多多的坎坷和困难，每一次无论有多痛，无论有多难，他都依然保持着对生活的热情，坚持用意志、用智慧攻克一个个难关。

"做一个有良心的企业"，这是吴亚明和团队始终不渝追求和践行的企业经营理念，也是企业克难进取、稳定发展的关键。

"我尤其不喜欢跟别人说自己这些年多么多么不容易。不管是不是残疾人，一生都会遇到许许多多坎坷，而倾诉过去经历的困难又有什么意义呢？只要尽心努力，把生活过得更充实、更快乐，这样就足够了。"吴亚明说。

在今天的成绩和荣誉面前，他始终对命运充满敬畏："因为残疾，我知道自己更应该去奋斗，去拼搏！"

六

"我天生'菩萨命'，看见别人有困难就会尽力帮一把，否则心里就会难受……"，或许由于身体残疾，他能够敏感地感受到社会的冷暖，也或许出于一种对生命的体恤，吴亚明早早地就有了一种悲悯情怀。

说到这里，他讲了一个小故事：

他上小学四年级的时候，有一次拄着双拐冒雪去上学。途中，见一群人在路旁围观，他也挤进去看"热闹"。眼前的情景让他惊呆了，只见一个残疾人奄奄一息地躺在路边，冻烂的双脚流着脓水，惨不忍睹。当时，他幼小的心灵被深深地刺痛了——要是没人帮助或照顾他，他要么在疼痛中死掉要么很快就会被冻死。整整一个上午，他的脑海里全是这个残疾人的画面，以至于压根不知道老师在课堂上讲了啥内容。放学后，他着急赶回家，拿了自己的存钱罐，并找来几个馒头，急匆匆赶去那个残疾人躺卧的地方，却发现人已经不见了。

这一天，幼小的他因为一种说不清道不明的复杂情感而悄悄落泪了。

两个月后，他在路上再次遇到这个残疾人，不由分说，便将身上的零钱全部掏出来给了他,这才觉得了结了一桩心愿,心里得到了些许安慰。

关于吴亚明的善举,西安晚报记者讲述了另一个小故事。有一年,吴亚明在报纸上看到一篇报道,说临潼一个残疾人腿有残疾,因为家庭贫穷,无力支付800多元的假肢费用,呼吁社会爱心人士能够给予帮助。得知这个消息,他立即开车赶到报社,说明心意,如数捐赠了所需资金。

当时,他激动地告诉记者:"800多元就能让一个人站起来,那么我做这件事就太值得了!"

多年来,在社会、残联组织和各路爱心人士的支持帮助下,吴亚明生活越来越好,而他也始终怀着感恩之心,没有忘记回馈和奉献社会。

在走访残疾人朋友的过程中,吴亚明了解到很多残疾人因为家庭贫穷、缺少关爱等,很少有机会出门走动,有的甚至一辈子都没有见过山和海,内心对外面世界充满了向往和渴望。对此,他感同身受,并因牵挂这些残疾人,他的心里很久无法安宁。于是,他自掏腰包,组织这些残疾人开展联欢活动,让他们有机会走出家门,有机会参与社会活动,有机会感受社会大家庭的温暖和关爱。

他记得有一次,他带着十多个残疾人来到秦岭观光。这些残疾人看到大自然中的山和水,竟然激动得又哭又笑。这种情景深深感动了在场许多人:"他们心里太苦了,太需要帮助了……"

为了利用自己的特长关爱那些需要帮助的人,吴亚明多年来坚持参加爱心演出。30多年来,他始终坚持做着一件事——每年去孤老院、福利院等机构,为老人和儿童送去歌声,送去鼓励和欢乐。

遇到意志消沉的残疾人,他总是耐心地"现身说法",鼓励他们要坚强勇敢,笑对未来。励志报告会上、聚会场所,他对残疾人朋友说得最多的一句话是"无论何时,都要相信自己,只要尽力去做了,就一定能成功"。

在日常生活里,他也会力所能及地去帮助残疾人朋友。逢年过节,他会带上米面油等慰问品去看望他们。

人人感恩图报,社会就会洒满温情的光芒。吴亚明说:"这么多年来,我遇到过许许多多热心帮助过我的人,很感恩社会和西安这座城市。所以,我也想成为这温暖力量中的一分子,尽力去温暖更多的人。"

七

在吴亚明的餐饮店里,听着或令人振奋、或令人宁静、或令人陶醉的音乐,你会得到一种别样的享受。当你得知所喜欢的音乐竟然都是老板吴亚明自己所演唱的时候,除了敬佩之外,还会觉得在此消费又有了额外的收获。

如果有空的话,吴亚明很愿意分享自己的励志故事给大家听。

"命运给我磨难,我仍报之以歌。"吴亚明说。在吴亚明眼中,命运带给自己的身体残疾并不是真正的"磨难",他说:"我更愿意把它视为一种促使我更加努力的力量。"

从过去到当下,最让他自豪的是,2021年10月22日,在西安举办的残特奥会开幕式上,他与歌手们共同演唱了主题曲"我们在一起"。

纵观吴亚明的人生路,可谓闪耀着生命奋斗的夺目光彩。

他也坦言,一路上虽然风雨兼程,但他热爱生活,热爱人生,从未懈怠和消沉。

与以前不同的是,现在的他放缓了脚步,更加注重与家人、员工分享奋斗的过程和生活的滋味。

比如在平日里,他会把家里的小院子打理得干净卫生,养花弄草,让小环境一片生机盎然。每天坚持挤出时间进行身体锻炼。不仅如此,他还报名参加体育运动会,去射击场和老伙计们切磋打靶。

只要身在西安,他每天都会尽量抽出时间陪伴母亲,聆听母亲的

吴亚明陪伴母亲过生日

唠叨，而他也向母亲诉说外面的见闻。他说："我天生不服输，或者说有自信，最根本的力量来自母亲的鼓励和关心支持。因为身体残疾，母亲为我操心了一辈子心，尽管在父母的4个孩子中我的事业已经很优秀，但母亲仍然放心不下。"

吴亚明还说，这么多年来，无论他每次外出回家多晚，90多岁的母亲总是开着一盏温馨的灯等待他回家，而后还会为他温一杯热奶，每每都让他感到浑身流淌着一股暖流。"有老母亲健在，家庭还是儿时那么温暖，在外打拼的疲惫和辛酸顿时都会化为乌有。"

"今后还有新的打算吗？"

望着窗外早春的明媚阳光，吴亚明淡定从容地说："以后的人生或许还有新的奋斗目标！"

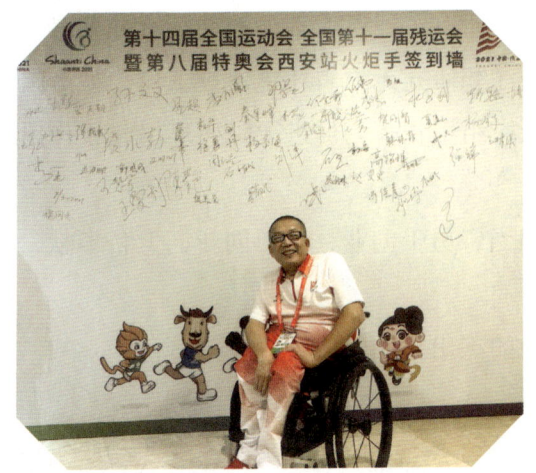

杰出是如何成就的

古希腊诗人品达在其诗中写道:"我的灵魂并不追求永恒的生命,而是要穷尽可能的领域。"这句话好像是专门写给王延的,因为恰当地表达了他的精神追求和人生境界。

王延何许人也?

他是西电公司残疾人联合会理事长、西安德力工业公司总经理,兼任陕西省残疾人联合会理事、主席团副主席,以及陕西省及西安市肢残人协会主席等职务;曾担任中国肢残人协会副主席,连任两届陕西省政协委员;荣获全国自强模范、陕西省自强模范、陕西省劳动模范、陕西残疾人十杰、西安市首届十大杰出青年等多项光荣称号。

作为西电公司残疾人联合会主要创始人,他在从事残疾人工作的 30 余年时间里,先后创办了 9 个福利企业,安置了 400 多名残疾人就业。他带领团队研发生产了残疾人系列运动轮椅,成功开发了残疾人就业系统管理软件，还成功研发了残疾人驾车辅助装置并获得多项专利。他热心公益，长期关注和研究无障碍环境建设工作，被全国十四运会组委会聘为无障碍专家组组长，为促进无障碍环境建设作出了积极贡献……

可见，这又是一个敢于担当、勇于创业、善于创新、无私奉献、成就突出的人。

因此，人们不禁要问：他的杰出是如何成就的？

答案就在他的人生故事里。

一

1962年深冬的西安，寒风呼啸，雪花飘飘。

或许在冥冥之中，上帝要考验一个人顽强的品质。12月28日这一天特别寒冷，王延在西电公司一个温暖幸福的双职工家庭出生了，他的到来为一家人增添了新的喜悦。

然而，天有不测风云，他在还没有学会走路的时候，因为小儿麻痹症导致肌肉严重萎缩和双下肢严重残疾，从而失去了站立行走能力。

因为不能行走，在地上爬行的他8岁时还没有走进学校教室。西电小学一位姓郭的热心女老师，在得知他无法到学校的情况后，答应每天放学后去家中给他补课。

那一年秋季，学校举行运动会，细心的郭老师让班长和同学把他接到了学校，参加集体活动。这不仅让他打开了眼界，还让他感到无比的快乐——原来学校这么好玩！

回家后，他坚持向父母要求，要到学校去读书。

作为父母，怎能不希望自己的孩子到学校读书呢，可是如何往返学校，如何如厕？父母因此干着急，却无计可施。

有一天，他的母亲在劳动公园无意间看到一个孩子拄着拐杖走路，受到启发回家后也给他准备了一副拐杖，同时在客厅地面上铺了一床毛毯，让他在毛毯上练习拄拐杖。为了上学，他一次又一次，一天又一天，在那床毛毯上练习拄拐杖，也不知道摔了多少次跤，腿上、膀子上，到处都有红一块紫一块的磕伤。

那床毛毯烂了，他也学会了依靠拐杖行走。就这样，双拐成了他的"两条腿"。

在班里，老师和同学们的特别关照，让他形成了积极向上、活泼开朗的性格。

虽然身体残疾，但他乐观积极。"健全是我追求的目标。"这是那个时候就在他心底产生的一句话。这个"健全"，就是精神的健全、人格的健全，就是健全人能干的事，他也能干，而且能干得更好。

他的学习成绩很好，名次一直都在中上游。因为性格活泼，又善于讲故事，所以同学们格外亲近他。如此，学校时光就在快乐中一天天很快过去了。

调皮的他，上初中的时候，还特别向父亲提出了一个要求，要购买一辆手摇车，否则不上学。父亲没有拒绝他，但是并没有给他购买手摇车，而是自己购买材料，请同事帮忙，亲自动手为他专门做了一辆手摇车。

每天摇着手摇车上学放学，这是当时让他最快乐最自豪的一件事。

青少年时期，父亲还给了他一个意外的惊喜。那是20世纪70年代的某一天，父亲下放到延安南泥湾去劳动，他一大早摇着手摇车，跟着母亲一起去新城广场为父亲送行，那是第一次也是唯一一次，父亲给了他零花钱。

爱的力量和家庭的温暖，让他没有中断读书和思考。

高二的时候，有一天他去上学，发现教室物是人非，原来是他上课的地方二楼调换到了五楼。

每天要上下五楼，对于双下肢残疾的他而言实属艰难，因此他决定离开学校。

得知情况后，校长、老师和同学都分别上门向他道歉解释，希望他重新返回校园返回班级。他虽然理解他们的心情和关爱,但他更清楚读书考大学这条路对一个身体残疾的人来说很难走通。

虽然他不再去学校读书,但他没有停止对未来的积极追求。

随后,他在西电工人报社找到一份工作,岗位职责是校对。这一份工作,他认认真真做了一年半时间。

1982年,他被招到西电公司招待所成了一名正式职工。最初的工作是每天卖饭票。后来他又通过努力,当了一名接待员,主管住房登记、安排住宿、行李寄存、出租自行车、代办长途电话、结算账目、照看火炉、清扫卫生等一系列繁杂琐事,这一件件工作,他都完成得很出色。

在工作生活中,虽然他身体多有不便,但是基本都不需要别人帮忙,比如倒水、买早餐、擦桌子等都亲自尽力而为,有时候宁可自己半趴在地上扫地,也不愿意给同事添麻烦。

他说:"残疾人本来就懒于活动,再不经受生活锻炼,就有可能由残疾变成'残废'了。"

王延与运动员合影

"喜欢想点事,喜欢干点事,这是我的性格特点。"在做好招待所接待员工作的同时,他还发起成立了图书室,给职工提供免费的图书借阅服务。公司领导肯定并表扬了他的做法,并决定由公司每月提供给他10元钱,用于采购新的报刊书籍。这在当时是一件十分有意义的事,不仅切实方便了职工读书学习,还丰富了职工的业余文化生活。

他的聪明和务实,被公司领导和同事们都看在眼里——这小伙子的脑子比健全人还好使。

二

"不能因为身体残疾,就失去了梦想。"

王延不仅是一个有梦想的人,还是一个不停产生梦想的人,不停追求梦想的人。"我的心中总是有想法,每一个想法在实现了之后,就开始感到迷茫,然后需要找到新的想法,并为之努力。一句话,总是不断地想干点事情。"

招待所的工作解决了个人的生存问题之后,王延经常琢磨还能不能为其他人和社会多做一些事。

由此,他早早地对自己两个方面的能力进行了提升。一是体力,他计划摇着手摇车进行一次长途旅游活动,比如到北京天安门,希望在开阔眼界的同时考验一下自己的体能。二是智力,看看自己能不能通过自学达到大学生的知识水平,为此他报考了陕西广播电视大学会计专业。

业余时间,他按照学校的进度,用功学习,按时完成学习任务。为了做好到北京的准备,他多次寻找机会,不止一次地摇着手摇车往返于西安和临潼。经过短程训练,他发现他的体力可以满足需要。

之后,他便等待机会的来临,具体是什么时间,他自己也说不清,但他总是相信机会一定会到来的。

机会终于来了!1985年3月20日晚上,他看到当天《西安晚报》刊登的一则新闻,报道说有10名残疾人,组成了一支由西安到北京的手摇车马拉松越野队。

在他看到这个消息时,这支队伍已经出发两天了。

当天晚上,他怎么也睡不着:"这是一个多么难得的机遇啊,一定要拼命地抓住!"

为此,他思考了一个晚上。次日早,他向单位领导请了假,并向单位借了全国通用粮票和50元现金,然后回家把他的想法和行动计划告诉了妹妹,叮咛妹妹不要告诉父母他要去北京的事情,同时让妹妹帮忙给他收拾衣物和简单生活用品。妹妹理解支持他，还悄悄把自己的90元钱给了他，以备不时之需。

有了妹妹的支持，他的信心更足了。首先，他火速找到这项活动的主办方西安市团委和体育协会，向他们讲述了个人的情况和强烈愿望，并索要了一张这支队伍的行进线路图，然后带着一本全国地图和他的简单行李，摇着当年父亲给他做的手摇车，开始急切地追赶先行的队伍。

从西安到渭南，他没有停歇，可是走啊走，路越来越难走，上坡和下坡都十分艰难，特别是下坡非常危险，他不知何时才能追赶上前面的队伍。

在一个公路管理站，他遇到热心人的帮助，坐上了一辆长途大卡车追赶了一段，然后在一段不知名的弯弯的山道上，又遇到解放军官兵的帮助，终于在陕西和河南两省交界的"陕县"（今陕州区）追上了这支队伍。

当时，大伙儿见了他，一边为他的毅力感到吃惊，一边却为他的车子直摇头，和其他人的自行车和手摇车装备相比，他的车子不仅陈旧，而且质量根本不能满足长途跋涉的安全需要。大伙儿商量后劝他原路返回，因为他的安全责任谁都担当不起呀。

大伙前面走了，他在后面跟着继续走。

又一次，他在洛阳见到了他们。这一次，大伙儿才接纳了他这个"新队员"。

他们每天行进都有固定的目标，有时累得吃饭时手都拿不住筷子，屁股磨破流血，人人浑身脏得就剩下两只眼睛还是那么明亮、那么清澈……

经过了29天的长途跋涉，行程1000多公里，终于到达了首都北京。

当他们真切地站在天安门广场时，几个人抱在一起哭得一塌糊涂。大伙儿的梦想实现了，激动呀！

这一次北京之行，不仅实现了他人生的第一个重要梦想，而且完全改变了他的命运。邓朴方、张海迪等热情接待了他们，鼓舞他们树立新的人生目标，让他们在人生路上有了更大的勇气去奋斗。

这一次，他们还遇到了那个报道张海迪事迹的《经济日报》的女记者郭梅妮。那天晚上张海迪与他们见面时，聊了未来的理想之后，便一直给他们唱歌。"那甜美的歌声似乎今天还在耳边响起，"王延说，"记得那晚大家都非常高兴，唱歌也唱到了很晚。有两首歌曲令人难忘，一首是电视剧《排球女将》的主题歌《小鹿纯子》，另外一首是革命歌曲《泉水叮咚》。"

这一次，当他们一行摇着手摇车走进北京体育场时，听到广播员说："西安有11位嘉宾，他们摇着手摇车，历时29天，专门赶来北京参加今天的开幕式，让我们用热烈的掌声表示欢迎！"

顿时，现场沸腾起来，观众全部都站立起来，一片欢呼声。

这一次北京之行，他还认识了同样来自西安而先于他们赶到北京参加赛事服务工作的一位残疾女青年，后来他们通过书信交往，再后来他们结为连理，书写了一段爱情佳话。如今，他们的孙子都已经上学了。

这一年，他23岁，北京之行对他来说仿佛一场梦一样，然而一切都是真真切切的。

三

从北京返回西安后，王延就像完全换了一个人。

谁也没有想到，他像发疯了一样，毫不犹豫地抛弃了原有的工作。大家都认为他是脑子一时糊涂犯傻。20世纪80年代初，

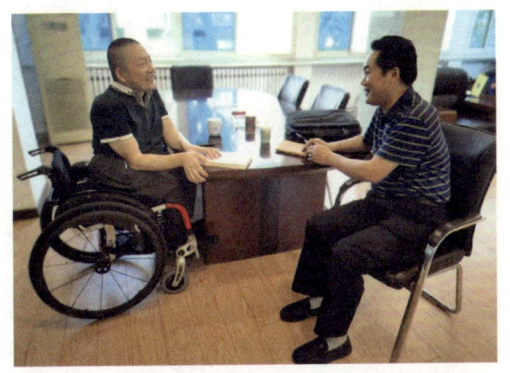

王延接受作者采访

中国的残疾人事业还是一片空白,像他这样的一个肢体严重残疾的人,想谋一份职业难如登天。而目前的工作不管从环境、待遇等任何一方面来说,都是十分好的。丢掉了这份工作,就意味着丢掉了铁饭碗。

可是谁又真正懂他呢?

"一个人不能只为自己而活,还要为更多的人和社会做事,这样生命才有价值。"时任中国残疾人基金会理事长的邓朴方先生的这句话,给了他许多启迪和思考,那就是怎样为残疾人事业撑起一片天空。

目标很清晰,他决定将西电公司的残疾人组织起来,为大家切实解决困难,帮助大家改写命运。

下定决心之后,他开始紧锣密鼓做残疾人基本情况调研。

用了一年多的时间,他凭着手摇车和两根拐杖,出了东楼进西楼,出了这家门又进那家门,踏遍了西电公司的每一寸土地,跑遍了西电公司大大小小的工厂、学校、研究所、工会、家委会,走访了20多个单位及相关部门和100多名残疾人家庭,通过各个单位人事、工会、家委会,对西电职工及其家属中600多名残疾人的年龄、文化、经济、婚姻、就业、残疾种类等情况进行了详细摸底。

在调研中,他每到一个地方,就会给大家宣传国内外残疾人的组织、工作、生活情况,宣讲中国残疾人基金会的成立情况,宣讲残疾人的出路,激励残疾朋友与他一起奋斗创业,用自己的双手实现自己的人生价值,改变自己的命运。他还详细记录每个残疾人的诉求和愿望,密密麻麻地记满了6个笔记本。

621名残疾人的情况摸底调查清楚了,如何尽快把这些人组织发动起来?这个问题令他的心情日益沉重起来。

他意识到首先必须加快残疾人组织的成立进度,于是他将搜集到的残疾人情况,详细地汇总起来,形成了一份书面材料——《关于成立西电公司残疾人福利基金会的建议》,在其中用数字说明了必要性,用生动的事例说明了紧迫性,用各种理论和实际说明了可操作性。

最后，他在这份建议书中写道：这样做是解百家之苦，解千人之难，为家庭卸包袱，为职工减负担，为公司增凝聚力，为社会创财富，为残疾人就业积累经验。

善于做思想动员工作的王延，还分别跑到西电公司下属的 20 多个单位党委书记办公室，宣讲他的初衷，请求他们的支持。幸运的是，这些书记们在了解到他的想法后，一一都在上面签署了表示支持的意见。

但不凑巧的是，那一段时间他三番五次去集团公司，总是见不到主要领导的面，所以迟迟把这份建议书递交不到西电公司党委领导手中。有一次他下定决心，挂着拐杖爬上四楼，不顾寒冬腊月，索性坐在水泥地上耐心等待集团的领导。

这一次，他终于见到党委书记。在听了他讲述的残疾人的事业梦想，认真审阅了他递交了的建议书之后，党委书记当即表示同意他的想法。

此后不久，西电公司党委会议上，大家一致通过了《关于成立西电公司残疾人福利基金会的决议》，决议号召每个单位、每个职工要用实际行动积极支持这一公益性组织的建立。

1986 年 6 月，"西电公司残疾人福利基金会"揭牌成立，王延当选基金会常务副理事长。

同年 6 月，在西电公司领导的支持下，又一个残疾人组织——西安电力机械制造公司残疾人联合会成立，王延再次当选常务副理事长。

四

西电残疾人组织的舞台搭建好了，事情怎么干？

慈善事业得人心，因此筹集资金进行得还比较顺利。在王延的多方奔走宣传之下，30 余家企业和 2 万多名职工伸出援助之手，共捐人民币 17 万元。

拿到这些钱，接下来该怎么办？如果用这些钱来救济残疾人，要不了多久就会坐吃山空，以后又该怎么办？

有了事业的起步资金，必须用好用活。王延决定此后不能再当"伸手派"，必须依靠自强自立精神走创业之路。经过周密策划之后，他决定创办福利企业，这样既可以安置残疾人就业，又可实现资金的"造血"功能。

办什么样的企业？接下来，他又是四处奔波，找项目、找人才，利用有限的资金，游说社会各方面的支持，在不到两年的时间里，先后共计创办了9家福利企业，解决了一批又一批残疾人朋友的就业问题。

当大家纷纷为王延竖起大拇指的时候，却很少有人知道他背后付出的努力。王延回忆，当时为了解决一桩土地纠纷，他一个人带上手摇车，直奔郑州铁路局而去。在硬座车上坐了整整19个小时，忍受着褥疮化脓的疼痛和尴尬。经过多方面交涉和协调，才顺利地解决了问题。

有一次他在申请办理免税手续时，在一片青苔上摔倒，造成胯骨、大腿骨两处骨折，还未等骨折处愈合，他就带着打着石膏的腿坚持上班。他说，那个时候属于创业初期，大大小小的事情，他都放心不下呀。

在创业阶段，他曾经也遇到了各种各样的困难，但从来没有畏惧，更没有在心里打退堂鼓。在大家的眼里，他虽然身体残疾，但是有担当、有作为，是一位顶天立地的男儿。

一件件实事得到落实，大家不仅佩服王延有一个智慧的头脑，还佩服他敢于挑战各种困难。

对此，王延说："命运不是由天定，也不是由人定，命运就掌握在自己手里。只要敢于向命运抗争，向困难挑战，就没有克服不了的困难，就会出现奇迹。"

在王延和西电残联的共同努力下，1990年和1997年，两次投资200多万元，为残疾人修建了一座2500多平方米的文化活动大楼。

1992年，西电公司残联被中宣部、民政部、中国残联等八部门联合授予"先进残疾人之家"称号，王延应邀出席全国第四次残联工作会议，并在大会上介绍了大型企业办残联的工作经验。

历经30多年的发展，西电公司有工作能力的残疾人都实现了就业。

当年17万元的本金，如今已经变成了2000多万元。

至此，王延用事实证实了奇迹是创造出来的。

五

王延的梦想是把残联建设成为一个温暖的家，他为此一直在努力。

王延先后兴办起来的福利企业，把那些具有一定工作能力且自愿就业的残疾人进行了合理安置，在一定程度上解决了他们的生活来源问题。然而，那些终身丧失劳动能力的重度残疾人和特困残疾人怎么办？

他不想让这一少部分残疾人朋友因为身体原因而被残联大家庭排除在外。具体又该怎么做？

1992年这一年，残联研究决定，做出了以下行动：

第一，在力所能及的情况下，拿出一部分钱定期对重残人进行生活费用补贴，每人每月按一袋50斤面粉折成现金发放，补贴金额按照面粉价格变动而变动。这项善举从1992年开始，坚持至今，西电公司共有60名重度特困残疾人享受到这个补贴。此后，无论残联和福利企业出现过什么困难，这项补贴从未间断过。此外，每年的助残日、中秋节、春节等节日，残联都要到这些重残人和特困户家庭进行慰问，送去大米、面粉、食油、现金、水果等，保证他们愉快地度过节日。

第二，激励西电公司聋哑青年学习掌握语言交流能力，制订落实助学金奖励制度：凡在西安市聋哑学校学习的残疾人，残联为每人每月发助学金40元，平均每年有5名聋哑人享受到此项资助。

第三，帮助解决智障人士的家庭困扰，举办特殊教育班，成立工作疗养站，让他们学文化、长知识、练身体，待各方面取得进步后，输送到福利企业，安排力所能及的劳动。

王延的记事本上记录着残联为这两个班每年补助经费5万余元，目前累计支出达105万元，先后有50多人得到帮扶。"这些智残人，年龄小的上学跟不上同龄人，年龄大的什么事也不会干，通过这种方式，可以很好地为他们的家庭缓解压力。"

在很多人看来，王延是多管闲事，还有些自不量力。而这恰恰是他的情怀所在。

他主导西电公司残联这么做，那是发自内心深处的追求，也与成立残联的初心和宗旨相一致，那就是全心全意为全公司的残疾人服务。由此，便不难理解他的这番话："为残疾人办事不讲任何条件，不惜任何代价，只要残联能办到的、能承受了的，就想办法去办。"

正是在这种思想指导下，在解决了残疾人的基本物质生活之后，他又主导残联开始朝第二个目标迈进，即解决残疾人的精神文明问题，满足他们的精神生活需求，不断缩小他们在文化生活、精神追求等方面和健全人的差距，让他们过上更加有尊严的生活。

牛皮不是吹的，火车不是推的。随后，他创建了残疾人综合服务大楼，先后为残疾人精神文化生活搭建了一系列平台，组织开展了一系列活动。

他还办起图书室，组织购买和募捐各类书籍1万多册。难能可贵的是，为了方便残疾人读书学习和消遣娱乐，他坚持安排人员送书上门，定期在每周五将新的一批图书送到各福利企业，然后取回上一批图书。

此外，他还组织建立康复室，配备了残疾人身体功能康复锻炼需要的各种器械，每天定时开放服务；修建专用浴池，解除了残疾人洗澡不便之苦；为活跃残疾人文化生活，保证文化活动的广泛性、多样性，分别建立了书画室、象棋、跳棋室、桥牌、围棋室等；为了让每个残疾人都能找到自己的喜好,每年还以不同形式举行小型运动会、歌咏比赛、灯谜赛、春节联欢会、中秋友谊会、卡拉OK赛、象棋赛、跳棋赛等活动,极大地丰富了残疾人文化生活。

他不仅让残疾人在这个温暖之家感受到快乐,还组织残疾人到北京、大连、洛阳等地旅游观光,感受经济社会发展的巨大变化。

不仅如此,他每年还组织重残人观光西安的名胜风景,让他们开阔眼界,更加热爱生活。这些活动得到了社会力量的大力支持。在西电残联和驻军某部队通信二连、西安市国税二分局结成精神文明共建单位后,这项活动便成了一道特别的风景。每次活动,解放军和税务干部将几十名重残人朋友分别从车上背上背下,或从轮椅上背起放下,像亲人一样,一边照顾他们身体的不便,一边向他们讲解眼前的一景一物,贴心的服务,让这些参与活动的重残人感受到了快乐,也留下了一个个助残佳话。

在服务残疾人和发展残疾人体育运动中,王延大胆尝试,并且早在残联建立初期,在西北地区率先组建了第一支轮椅篮球队,还自行研制了运动轮椅,又请来教练,租用了运动场,对运动员进行严格的专业素质训练。这一支篮球队先后十多次参与国内比赛并获得奖项,被誉为"西部黑马"。

为了锻炼残疾人的意志,残联组织会在公司内部或一定的区域范围内组织举行一次小型的体育运动会,因此培养出许多残疾人体育爱好者和运动健儿。这些运动健儿在参加国际、国内体育大赛中,多次获得国际、国内大奖,不仅为企业、为西安、为陕西赢得了荣誉,还为国家争了光。

王延说截至2021年全国第十四届运动会和残特奥会,西电残联组织的残疾人运动员参加区级以上比赛共计131人次,获得奖牌200枚,其中金牌81枚,银牌63枚,铜牌56枚。这些奖牌包括国际金牌17枚,国际银牌14枚,国际铜牌11枚,其中,还有2人打破世界纪录，1人在远南运动会上获得"十佳运动员"称号。

在积极创造条件、组织开展各项文体活动的同时，为鼓励残疾人持续奋发向上，学习掌握文化知识和科技本领，西电残联还规定，凡取得大专及以上学历增加一级工资，以后每高一个层级再增加一级工资。在这项制度激励下，先后有12名同志取得了大专文凭，4名同志被评为工程师。

同时，还有一批优秀残疾人在书画、粉笔画、篆刻、时装设计、计算机编程等项目比赛中脱颖而出，引起社会广泛关注。特别令人骄傲的是，有1人参加了国际书画展比赛获得第二名，2人书画作品被推荐在国外展出，4人作品先后获得了省、市荣誉奖。

王延的心里装满了残疾人事业，更装满了残疾人。一个福利企业因故停产，当他得知有8名残疾职工未拿到工资而失去经济来源的情况后，从残联的费用中挤出资金送到他们每个人手中，这一送就是连续5年。宝鸡市福利院一名残疾人失去监护人，残联与家委会将3万元送到他，帮助其生活和健康成长……

残疾人工作无止境。"残疾人的需要就是我们工作和奋斗的目标，"王延说，"我们不但要把残疾人从痛苦中解救出来，还要带领他们奔上幸福的康庄大道。"

为此，王延从未停止过前行的步伐。

六

在很大意义上，称赞王延是残疾人的"活菩萨"一点都不过分。西电残疾人事业的成功与他的智慧、毅力分不开，更与他的大我情怀、家国情怀分不开。

很多残疾人愿意向他倾吐肺腑之言，有困难也愿意求助于他。西电公司和西安的残疾人找他，他从未拒绝，外地如大连、北京等地的残疾人，不管南来的北往的，如果在西安遇到困难或麻烦，只要给他拨个电话，他就会马上出面，尽力帮助他们解决。残疾人不是喜欢麻烦他，而是找他很管用。

"我常常把他们领到家中管吃管住，不方便的时候就自己掏钱为其安排食宿，临走还给买车票或送给足够的路费，"王延说，"这么做，只为他们信任我。"

在王延的心里，天下的残疾人都是一家人，理应互相关爱和帮助。

比如，他组织动员社会力量，筹集资金1万元，将一名盲女送进宝鸡自强中专学习技能；筹集3万余元，将2名重残人分别送进宝鸡福利院和安康福利院；为6名重残人送去轮椅，为1名重残人送去电脑，并派专人教授其使用方法。

有一次，他为帮助寻找一名迷路的智障女孩，驾着代步车，在冰天雪地里跑了十多里路，沿途不停地呼喊了近5个小时，待寻找到这女孩时，他的双腿已被冻僵，整整疼了一个晚上。

帮助残疾人，王延不区分地域和亲疏远近，对待每个人都如同亲人一样。他关心帮助过的这些残疾人，有许多人与他素昧平生，但在对方的心中，王延的名字就是希望，就是他们困难时求救的"110"。

王延这种情怀的形成，除了家庭环境、社会环境的教育熏陶，还得益于他在成长过程中学校、社会给予他的帮助和精神鼓舞。社会没有嫌弃他，而是包容、关爱和支持他，使他有了感恩之心、责任之心、担当之心以及崇高的品德。

早在西电公司招待所当营业员时，顾客因大意而落下的物品、钱包，他在发现后会挂着双拐及时到客房里进行排查，直到把失物准确交到顾客手中。这种美德，不仅让他得到了大家的好评，还为招待所的生意赢来了许多回头客，以及慕名而来的新客人。

一点一滴见德行。后来，工作内容、工作环境虽然有改变，但王延的情怀和品德没有改变。每次获得奖金，他或者用来购买东西分享给大家，或者一分不留地交给财务充公。他说："荣誉是大家的，奖励也是大家的，我怎么能独自占有呢？"

如果要问西电公司残联的凝聚力和影响力从何而来,就是从这些一点一滴的小事中而来。

七

在前行的道路上,王延肯动脑筋,勇于挑战,善于创新,展现给大家的是一个开拓者、进取者、攀登者的形象。

当时,面对发展残疾人体育运动,他遇到了一个很大的障碍,就是残疾人体育用品品种单一,而且价格昂贵,仅仅一台进口的运动轮椅,就需要1万多元,而且售后服务也跟不上。这成了王延要组建轮椅篮球队的最大绊脚石。

"咱们能不能自己来研制生产?如果成功,这就是中国牌运动轮椅!"想法一经产生,王延就决心试验。

运动轮椅看起来很简单,但它对技术的要求相当高,平衡性、稳定性、灵活性、耐撞性以及轻便、快捷等一个都不能缺,因此在选材上特别挑剔。

经过一段时间的仔细琢磨,一天晚上,王延带着工具一个人走进了200多平方米的大厅,毫不犹豫地对昂贵的日、美运动轮椅进行了拆卸,对一个个零部件认真地进行精确测量,并进行详细记录,然后加上自己的创意,绘出一张关于运动轮椅构成的草图。

第二天,他带着草图,跑了十几个单位咨询加工事宜。然后,在全国范围内寻找材料、备件。经过千辛万苦,在上海找到了轮椅的外胎,在哈尔滨找到了合适的管材,在咸阳一个橡胶厂找到了轮椅前轮的加工点……当这一切准备工作就绪的时候,炎热的夏天已经到来。时间不等人,紧接着,他便带领几个残疾人在大厅里从早上忙到晚上,干着钻孔、抛光、上条、组装、调试等一系列工作,日复一日不间断地、不厌其烦地进行着试制工作,经常累得满头大汗。

10天时间过去了,在他们的努力下,中国第一台篮球运动轮椅终于在陕西西安成功诞生了。

大家欢呼雀跃。

为了检验运动轮椅的质量，王延两次到大连对其进行现场试验，两次到唐山用此轮椅参加比赛，三次到北京申请产品技术鉴定，征求专家意见。之后，经过技术上的不断修改和完善，这款运动轮椅终于通过了国家体委及有关部门的认可，并且获得定点生产许可证。

此项技术正式投产后，每台运动轮椅的售价仅为外国产品的三分之一，既为国家节约了外汇，也让广大残疾人获益。

从某种意义上来说，没有王延，就没有篮球运动轮椅的诞生，这个产品从设计、生产、组装、调试到面世，无不凝聚着他的聪明才智和辛勤汗水。

当然，王延的目的不仅仅在于研制出运动轮椅，他还要让全国的残疾人体育爱好者都能用上轮椅。

受到篮球运动轮椅的启发，他又及时组建了残疾人用品用具开发中心，先后成功设计制造出投掷、射击、乒乓球、竞速等多品种、多规格的残疾人系列运动轮椅。在北京举行的远南运动会上，西电残联为中残联提供各种运动轮椅60多台。在国内外残疾人运动会上，我国运动健儿多次坐在这些轮椅上大显身手，取得了举世瞩目的好成绩。

说到这里，人们不得不佩服王延，他的胆识为很多人所不能及。

八

熟悉王延的人，咋也不相信他的脑子里想的事情总是比别人多，而且件件事情都有发展眼光。

看到健全人驾驶小汽车，他就想怎样让残疾人也能开上汽车，同时了解到驾驶汽车是很多残疾人的共同梦想。现实里，残疾人只能驾驶机动三轮车搞营运，或者使用这样的机动车代步。

于是，王延组建了一个团队，用了三年时间，经历了千辛万苦，终于成功研发了汽车手动操控辅助装置，实现了单下肢、双下肢、无腿残疾人驾驶汽车的愿望。

在哈尔滨召开的全国残疾人手控驾驶汽车研讨会上，王延的技术设计得到了与会专家学者的一致好评。2002 年该技术通过了国家权威技术鉴定，并获得了专利权批准。

残疾人驾驶汽车手动操控辅助装置的出现，再一次填补了国内的一项技术空白，并且受到了广大需求者的青睐，求购者络绎不绝，产品经常供不应求。

王延在驾驶残疾人无障碍汽车

在一般人看来，已经取得了这些成绩和研究成果，王延该消停消停了，不用再折腾了。可他偏偏不消停，面对风起云涌的电脑软件科技开发，他跃跃欲试，想再一次突破残疾人的禁区。

对此，他和西安一家电子有限公司联手，请来相关专家，免费举办电脑应用技术培训班，有兴趣的残疾人都可以参加培训学习。三期培训班结束后，有 30 多名残疾人掌握了这门技术。

在大家熟练使用了电脑之后，王延不失时机地又成立了电脑软件开发中心。在他的主导下，软件开发主要致力于残疾人管理服务工作信息化。成功开发出《中华人民共和国残疾人证管理系统》软件，该软件通过中国残联的验收和推广应用，得到全国残联系统的认可。

紧接着，王延领着团队成员先后前往北京、天津、上海、济南、广州等地调研，广泛收集信息，听取各方面意见，顺利开发了《残疾人按比例就业信息管理系统》软件，被中国残联指定为全国唯一的专用软件，为残疾人就业服务工作带来了极大便利。随后，这两套软件在全国残联系统逐步推广应用。

之后，他们还开发了《全国残疾人运动会信息系统》软件，还和西安交通大学联手建设"全国残疾人就业信息网络技术服务中心"。

一项项电脑软件研发成果，不断刷新了西电残疾人事业的高度。

因为耀眼，所以夺目。西电残联引起国际关注，美国、日本、捷克、罗马尼亚、瑞典、芬兰等30多个国家的残疾人组织及国际友人曾先后来考察学习，参观访问。

当他们听完王延的事迹后，都投以惊叹的目光、报以热烈的掌声……

九

一枝一叶总关情。

作为陕西省政协委员中唯一一位残疾人委员，王延最关心最关注的还是与残疾人有关的问题。他曾经以切身体会发出呼吁，建议增加为残疾人"量体裁衣"设计的无障碍出租车，同时残疾人组织介入无障碍出租汽车的运营监督，彻底解决困扰残疾人等特殊人群出行难问题。

不仅如此，王延还曾经对全国火车站无障碍建设规范提出修改建议，许多具体建议得到政府采纳；他还积极参与了《中华人民共和国残疾人保障法草案》、陕西省和西安市《残疾人保障法实施细则》修订工作；参与起草肢体残疾人汽车驾驶附加装置标准的前期工作；利用业余时间组织检查西安市无障碍设施，并向有关部门提出改进意见……

至此，人们可能因为王延的杰出而早已忽略了他是一名残疾人。

一个人的成功和优秀是多种能力和因素综合在一起的。王延能够在创业路上取得一个又一个成功，还有一个重要而不为大众所知的秘密，那就是他有一个贤内助——当年在北京邂逅的女青年张难，她也热爱残疾人体育运动事业，曾在1996年亚特兰大残奥会上夺得射击银牌，实现了中国在残奥会射击项目上奖牌为零的突破。

如果说人生就是一次次攀登或一次次跨越，那么王延则做到了，在实现了一个又一个目标之后，他似乎不知疲倦，也似乎永远没有奋斗终点。

"闲不下来,未来还有很多事要做!"王延说。

由于在残疾人事业中作出突出贡献,他在 2011 年被选为北京残奥会火炬西安站传递的火炬手,2021 年在全国十四运会和残特奥会火炬西安站传递中再次被选为火炬手。"作为一名来自残联组织的火炬手,每一次在擎起火炬的那一刻,我最希望自己能够唤起人们更多的爱心,更多地传递对残疾人的关爱。"

带着爹娘的愿望出发

他的人生故事丰富而又多彩。

儿时落下残疾，初中无奈辍学，依靠自学，发表多篇医药方面的论文，出版多部医疗方面的专著，发明多项药品专利，自主创业成功……他，以昂扬奋进的姿态取得了累累硕果。

世上本来没有救世主。最初，他盼望的救世主也没有拯救他，最终他成了自己的救世主。

有了生存的技能后，他的目标不再是追求有一碗饭吃，而是积极追求人生的意义和价值。他相信一个人的能力和舞台有大小之分，但并不妨碍他或她可以成为一个高尚的人、一个纯粹的人、一个有道德的人、一个脱离了低级趣味的人、一个有益于人民的人。

在攀登的征途上，他靠顽强的拼搏精神，创造了人生的一个又一个传奇。

那么，就来听听他的故事吧。

一

1961年4月23日，西安市户县涝店公社鲁家寨大队，如今的鄠邑区涝店街道办鲁家寨村，严家添了一个男孩子。

每个孩子都是父母的心头肉、掌中宝。这孩子在六个兄弟姐妹中排行老五，小名叫闷闷儿，大名叫育斌。那个时候，家家户户的孩子都比较多，外人也看不出严家对这个孩子的偏爱。而只有这个"斌"字包含了父母对他的深切厚望——将来"文武双全"。

造化弄人，闷闷儿在2岁时因为小儿麻痹症导致左下肢瘫痪，此后多年都只能在地上爬行。因此，他成了母亲最操心的一个孩子。

虽然他的身体落了残疾，但是心性聪明。看着村子同龄的孩子们去上学了，他的母亲在心里犯难：不让他去学校识字学习，可惜了他的聪明，而让他去上学吧，他的身体又不方便。

他7岁时，母亲下定决心让他上学，于是背着他去了村小学一年级教室。

幸好学校在村子的西头，还不算远，他母亲便每天来回四趟接送。

那一段日子里，无论风雨，上学放学的路上，他总是在母亲的背上，那种温暖、那种幸福，无人能够体会，甚至让他在其他同学面前感到有些骄傲。那时候，沉浸在幸福的时光里，他常常觉得往返学校的路太短了。

只有他的妈妈心里明白，不可能背他一辈子，人生的路终究是要他自己走！

可怜天下父母心。背他上学无论如何都不是长久之计，思前想后，母亲对他发了狠心。

这是在他8岁多的一天，母亲递给他一根拐棍，然后告诉他："闷闷儿，你不能一辈子都趴在地上啊，再难也要自己站起来，别人只能扶你一时，帮不了你一世。"

这句话，铭刻在他的心底，从此难以忘怀。

面对母亲递来的拐棍他没有丝毫准备，母亲的忠告他听得似懂非懂。他接过拐棍，就开始练习起来。

一会儿"咚"的一下，一会儿"咚"的一下，膝盖、额头、鼻子、腿……浑身到处被磕碰得青一块紫一块。母亲看在眼里疼在心头。

母亲忍住了，没有扶他，任凭他爬起、跌倒，再爬起、再跌倒……

双腿的残疾让小小年纪的他吃了别人不能吃的苦，受了别人无法体会的委屈。经过反反复复的练习，不知摔倒了多少次之后，他终于站立了起来。

然后，从迈出第一步开始，一步、两步、三步……拄着拐棍他可以慢慢地行走了。"站起来，自己走路，真好！"他获得了一种从未有过的尊严和快乐。

母亲心里其实更高兴：孩子能够拄着拐棍行走了，不仅形象好了，而且日常生活中的很多事情都可以自理，今后也不用给别人添麻烦，生活会更方便、更顺利一些。

自从拄着拐棍能够行走了，他在晴天便可以和村子里的孩子一起上学，只有在雨天父母才接送他。如此，大大地减轻了父母的负担。而最大的好处则是他可以自由地到村里村外的很多地方，认识自然和事物，收获更多的快乐和见识。

小学的五年时光很快就过去了。

初中学校在镇子里，距家很远。为了解决他上学行动不方便的问题，母亲买了一辆架子车，村子里热心的同学每天用架子车拉着他上下学。

然而，坚持了一段时间后遇到了一个新的问题：下雨天，路面泥泞，同学们根本推不动架子车，并且也不安全。因此在雨天，他只能在家里待着。

另外，当时每周至少有两天，学校要组织师生去干农活，而这对于他来说，又是一件很困难的事情。

无奈之下，严育斌选择了退学。

二

想到严育斌不能继续上学，将来也可能做不了庄稼活，母亲便不由得在心底为儿子担忧，并早早地在心里盘算起来。

他的母亲名字叫王允梅，一位普通的农村妇女，不识字，可是心灵手巧。当时的生活条件普遍艰苦，但是在她的精打细算和用心料理下，一家人的日常生活有滋有味，而且做茶饭、剪窗花、裁衣服等这些手艺在村里也是出了名的好。每天看到待在家里的这个老五闷闷儿，这个有眼光有远见的母亲就在思谋，以闷闷儿的身体情况，别说以后找个媳妇，将来一个人生活恐怕都会有问题。

"娘要是哪一天不在了，你咋得了？"母亲对严育斌说道。

然后，母亲便利用各种机会，在村里的"交际圈"到处诉说她的忧虑和担心，渴望周围的亲友们帮助出点子、定主意、想办法，为严育斌的将来谋划一条可行的路子，让他能够谋一碗饭吃，不至于离开了娘就会饿死。

左邻右舍和村里的亲友们纷纷为严育斌的出路献计献策，有的建议学修鞋，有人推荐学修收音机……建议学什么手艺的都有，然而他的母亲对大家的建议一个都没有选中，她以为这些手艺都会浪费了这个儿子的聪明。

后来有一次，母亲去严育斌的姨父家走亲戚，见多识广的姨父建议让严育斌学医。母亲认为这个主意不错，也觉得这是严育斌应该干的事情，也相信他能学出名堂。认真思考后他替儿子做出了决定。

至于怎么拜师学艺，有什么样的学习方法，不识字的母亲显然没有一个明晰的路子，但她认定儿子就是要学医。为此，她便开始到处托人、求人，借来中医方面的书籍让严育斌自学。

就这样，严育斌踏上了学医之路。

然而，学习中医并不是一件简单的事情。当时只有13岁的严育斌，对学医并没有浓厚的兴趣。

一个正是贪玩年纪的青少年，让他一个人冷清清地面对一本本厚厚的中医书籍，别说书上的那些繁体字他不认识，就是成人看了那些大部头的书籍上记载的中医药理、药性等专业知识，头也都要发胀了。所以严育斌的自学状态可以说是三天打鱼两天晒网。

看到严育斌漫不经心的样子，最着急的人还是母亲。母亲讲不出多少劝学的大道理，常常只是一句话："闷闷儿，你不好好学个手艺，娘要是死了，你咋办，恐怕连饭都吃不上。"

母亲的话发自肺腑，但是对当年的严育斌来说并不受用。母亲没有更好的办法，就把这句话挂在嘴上，经常敲打他。

就这么又过去了一年，严育斌好像突然长大了一样，变得懂事了。

回忆当时，严育斌说他有一天突然懂得了娘的心，心里竟然也害怕起来：父母健在，他还能有一碗饭吃，娘不在了，他依靠谁呢？只能依靠自己为未来找一条生路。

其时，他也没有什么宏伟的理想，一心只想把中医看病这门本事学到手再说，绝不能成为社会负担、家庭的累赘，更不能成为一个游手好闲的人。

此后，在学习上他变得格外认真起来。家里、田边、道路上，经常能见到他默默背诵的身影，或听到他琅琅的读书声。

看到儿子学医上心了，母亲也在默默地支持他，那就是尽量让儿子吃得好点。冬天的早上，严育斌趴在炕上、裹着被子，一边吃着母亲蒸的窝窝头，一边开始读书。如此，每天坚持学习十几个小时。

春夏时节，他每天都起得很早，在外面背书，很多时候都达到了废寝忘食的程度，吃饭要让母亲一遍又一遍地喊叫，这让母亲既欣慰又心疼："原来不好好学，现在学起来了，可是瓜学（太过用功），还要爱惜身体啊。"

"年纪小,虽然对医理药性都不懂,但是记性好,所以就先背医书。当时,我连《黄帝内经》的原文和注释都背了,《伤寒论》能倒背如流,还熟读了《金匮要略》《神农本草经》等多本中医理论书籍,熟记300多个方剂,"严育斌回忆年少时的学习情景说,"有时候,一个上午能背诵70多个药性。"

时隔48年后的2021年7月,面对笔者采访,60岁的他提到《汤头歌》口诀,依然能够滚瓜烂熟地背诵。

事实证明,母亲为他选的这条路没有错。

至今,母亲的话犹在严育斌的耳边回响:"娘不在了,你咋办?"

三

严育斌的学医之路再次证明,热爱是最好的老师。

严育斌在满洲里学习考察留念

在学习针灸理论之后,为了实践,他买来针灸用的银针,经常在自己身上试验扎针,或在家人身上试验扎针。

这根针灸用的银针,对严育斌来说意义非凡。别看它小如一根细小的缝衣针,这可是他学医后拥有的第一个医疗器具。平时,他用钢笔筒装着这根针,随时都别在上衣的口袋,不仅是因为他珍爱这根针,还因为这根针向村里人无声地宣告了自己的身份:医生!

当然,在最初,村里并没有多少人认为他是一个医生。

直到有一天,宗族里的一个婶婶和家人闹矛盾,当场被气得昏过去。恰好看到这一幕的他,便拿出随身携带的银针,为婶婶进行了针刺治疗,很快婶婶就缓过神来。

这次小小的尝试,让严育斌很快在村里家喻户晓:"闷闷儿会看病了！"

　　这算是他第一次行医。以后，村里便陆续有人找他进行针灸。在越来越多的实践中，他不断积累经验并逐渐为更多乡亲所信服。

　　命运似乎也在这时眷顾着他。

　　一年后，村里的一名赤脚医生去参军了，医疗站正好出现一个空缺岗位。村干部商议后决定让他进入村医疗站顶缺，这一年严育斌15岁，当上了"赤脚医生"。

　　在村医疗站，他遇到了学医路上的第一个好老师——他的一位堂哥。这位堂哥是医学专科毕业生，当时从外地医院刚刚调回村里，在医疗站上班。近水楼台先得月，堂哥一边教他科学的学习方法，一边结合医疗工作实际传授他一些医理知识，这让他的学习之路变得很顺畅，学习效果也有了明显提升。

　　在村医疗站的经历更加激发了他的兴趣，在读书学习中，有点心得或体会，他都会及时写下来，甚至是一个陌生的词语，他都会查字典，把注解写在旁边。

　　读古代的医书时，有时候阅读一百字的短文，会遇到五六十个字都不认识，虽然他通过查字典可以认字和明白基本释义，但是并不能贯通全文准确理解其意。为了提升学习效果，他专门报名参加了北京中医药大学医古文函授学习。

　　尽管他在不断努力学习，尽管他的实践能力在不断提升，尽管乡亲对他的诊疗水平越来越认可，但是现实中发生的一件事却深深刺痛了他的内心，也让他感到深深的恐慌。有一天，村里的一个乡亲突发脑出血，眼看着病人的紧急情况和家属期待的眼神，而他却束手无策。

　　"书到用时方恨少，事非经过不知难。"经历此事后，严育斌强烈地想去正规医院和医学学校进修。随后，他抓住了许多机会，先后到乡镇卫生院、县卫校去参加"赤脚医生"培训。由于他学习成绩优异，理论基础扎实，被优先安排到省森林职工医院实习。

一年后的 1979 年，他 17 岁，实习结束后被安排在涝店地段卫生院当医生，身份是"副业工"。无疑，这是县上卫生部门对他医疗技能的认可。

四

身份虽然是副业工，但是严育斌并未放弃努力，反而特别珍惜这个工作机会。

这里相对村医疗站来说，看病的人更多，患者的情况和疾病类型也更复杂，这给严育斌提供了广阔的学习实践舞台。他认真对待每一个前去找他看病的患者，准确诊断，合理用药，有时候根据患者的情况和医理，大胆用药，取得了一次又一次良好效果。就这样，在不经意间，他的好口碑便在乡间传播开来。

"这个娃看病手艺好！"周围好多个乡村的群众慕名到涝店地段卫生院专门找这个姓严的小伙子寻诊问药。

广大患者对他的信任和期待也不断激励着他，为了每天能够有一点点提高和进步，他始终在工作之余坚持学习。每天晚上他是医院最后一个关灯睡觉的人，而早上他又是起来最早的那一个，凌晨五点就起床了。为了节约时间，他从来不吃早点，在医院附近的一段小路上开始读书背书，冬天就借着医院附近那盏路灯的光亮读书学习，直到上午 8 点钟放下书本，以一个医生的身份全身心地投入工作。

至今他都忘不了一个情境：当时，只要听到医院那台电视机播放的热剧《霍元甲》或《射雕英雄传》的主题曲，他就赶紧用纸球把两只耳朵塞住，因为他内心里实在是太想看了，但为了学习和钻研医学业务，只有作罢。

严育斌的这种勤奋吃苦精神引得某些人投来异样的眼光——一个副业工再怎么努力，将来又有什么前途？你看病的手艺再好，每月还不是那么点工资……他全然没有计较这些，一年四季，天天刻苦学习，

严育斌为病人诊断病情

认真坐诊为患者看病治病。

然而,他的这一切行为,包括工作学习状态,被住在对门二楼的那个从宝鸡中医学校毕业分配来的姑娘看在眼里,记在心里。

在她眼里,他非常敬业和好学。

在为每一个患者的诊治时,他都坚持建立诊疗档案,并及时总结经验,日积月累,便在实践中慢慢地形成了许多诊疗理论成果。

回忆当时,他讲道:"我平时喜欢写读书笔记,尤其喜欢将诊断治疗过的疑难杂症案例的临床感悟、心得等用卡片记录下来,就这样写了一张又一张,有一天随意数了数卡片,发现竟然有600多张。"

看到医院征订的医学方面的杂志刊登的文章,他在认真学习之后,觉得自己也可以发表那样的文章。于是,他就在业余时间不断地写了一篇又一篇,结果一次又一次被退稿。坚持两年多,写了十几篇论文,竟无一篇能够发表。

但他依旧没有放弃努力。

至今,他仍然清楚地记得,1983年第3期《陕西中医杂志》发表了他的第一篇论文。

他还记得那个编辑老师叫洪文旭,在仔细审阅他稿件中所列举的事例后,便对他特别的厚爱,专门写信给他指导论文写作的格式和注意事项等,鼓励他在方法技巧上多用心。

一经指点,他似乎茅塞顿开。此后,他的论文便陆续被刊登在全国各地的专业期刊上。

截至1986年,他累计公开发表了7篇论文,出版了《伤寒论词语解释》《乙型肝炎验方精选100首》《桂枝汤的临证应用》《男科临症录》等4部中医专著。这对于一个乡镇卫生院的医生来说,无疑是了不得的事情。其中《桂枝汤的临证应用》一书，获得西安市科技进步四等奖。他还因为这些成绩被评为西安市、陕西省职工自学成才三等奖。

当年，在陕西省职工自学成才表彰大会上，听了他在大会上的发言后，当时参加会议的省委、省政府领导都非常惊讶：这么优秀的人才，竟然还是一个副业工，不是一名正式医生！

经过省市人事部门考察，他被破格录用为国家干部。这发生在1986年秋季，可以说是他人生的一次大转折。

成为"公家人"，端上了"铁饭碗"，意味着他此后的吃喝不愁了。这不正是母亲的愿望吗？

遗憾的是，他的母亲在1984年就去世了。可以想象，母亲若泉下有知，不知道会为儿子高兴成什么样儿。

此时，医院那个曾经默默关注他的姑娘，已经成为他的妻子。看到努力奋进的丈夫取得的成绩，她心里也十分高兴。

俗言道：男儿怕干错行，女儿怕嫁错郎。她佩服自己选择爱人的眼光，甚至在心底还有一点小得意。

未来的路，那就是与夫君相伴，互帮互助，在医疗服务的路上走下去。

五

1987年7月1日，严育斌以一名特殊贡献人才和国家干部的身份，正式调入户县中医院（现更名为鄠邑区中医院）工作。这一年，他26岁，相当于医科学校本科毕业生的年龄。

他非常珍惜这来之不易的机会，来到中医院后从来没有放松对自己的要求，继续坚持钻研理论，向那些老中医请教疑难问题，不断总结诊疗经验，提高理论水平和实践能力。

日常诊疗工作中，他对待每一位患者就像对待自己的亲人一样，努力用自己掌握的医术为患者治病。另一个方面，在上班之外，他依然坚持记录整理医疗案例，继续写论文。

人生充满了意外，你不知道自己在什么时候、以什么样的方式被大众接受。严育斌在县中医院坐诊后，找他看病尤其是诊治妇科疑难杂症及男女不孕不育方面的患者越来越多，他也因此声名远播。

这种被称为"秘方"的独特医疗技术，其实来自严育斌在乡镇卫生院工作时的诊疗经验积累。在某种意义上说，还是他的一位初中男同学成就了他的这门手艺。

那是他第一次接触和治疗男性不育症。他还记得当时的情景：一位初中男同学专门到卫生院找他，无奈地倾诉了个人隐私和痛苦，希望能得到他的帮助。

他的这位男同学已经结婚两三年，因为患有阳痿，夫妻之间无法过性生活。在看不到希望后，妻子决定和他离婚。在僵持阶段，他找到了严育斌。

听到同学倾诉的情况后，他答应帮忙。当即，他陪同这位同学一起到法庭说明情况，并保证他有办法治疗同学的病，希望法庭再给三个月时间，如果他的身体还得不到有效治疗，妻子还不满意的话，那时判决离婚也不迟。

法庭同意了。

然后，他又向同学的媳妇承诺，同学的病能够根治，让她耐心等待几个月，如果治不好，他也不会再阻拦他们夫妇离婚。

就这么着，他把人家的事情应承了下来，但是事实上他一点经验都没有。如果说有一点啥，那就是有一点盲目自信。

此前，他读过治疗不孕不育症这方面的古书，但书上说的一些方子是否管用他也不清楚。为了治疗这位同学的疾病，帮助其挽救婚姻，他便重新研读了这些古书，并根据同学的身体情况，结合医理、药性，开了一个处方。

同学按照他的这个处方，喝中药调理3个半月，身体原来的症状有了明显改善，两个月后就彻底好了。

这一次为同学治病，他原本也是抱着试一试的态度，没想到竟然会药到病除，而且成功挽救了一桩婚姻。

这位同学之后，便有了第二个、第三个这样的患者……他们都带着希望而来，带着喜悦和满意而归。

随着临床经验越来越丰富，来找他诊治不孕不育症的患者络绎不绝。

站在县中医院的人生舞台上，他的视野更加广阔了。在诊疗工作、研究医术的同时，他还注重将医疗科学理论转化为科研开发成果，利用业余时间，投入妇科疑难杂症等泌尿生殖系统疾病治疗和药物的研究上。

经过多年研究试验，他相继成功研制出专利技术新药"仙灵胶囊""龙胆清精胶囊""归芍助孕胶囊"等，由于治疗不育不孕效果好，受到了广大患者的好评和业内的广泛推崇，也为他后来创业赢得了第一桶金。

至今三十多年来，很多经过他治愈的不孕不育患者梦想成真，喜得儿女。

与此同时，他还因自强不息、刻苦钻研业务的精神和一心为了患者、服务社会的奉献精神，获得了多项荣誉称号：1990年，他被授予"陕西省十大杰出青年"和"陕西省新长征突击手"称号；1991年，他被授予"西安市精神文明标兵"称号和"全国自学成才先进个人"；1992年，他被陕西省人民政府授予"岗位学雷锋标兵"称号。

从此，严育斌每天都会收到全国各地患者的来信，为了不影响工作和研究，他定期集中给全国各地的患者回信、解答患者的问询。在与患者打交道、阅读来信、聆听来电中，他强烈地感受到每一个人的不容易，因此，总是尽自己最大的力量帮助他们。

严育斌回头看走过的路，在千辛万苦中能够取得这样的成就，可谓是事业家庭双丰收。每一日安安稳稳上班，天天和妻子孩子在一起，一辈子就这么幸福下去，多么美好呀。

而这不就是自己曾经梦寐以求的吗？然而，严育斌在反复思考中却有了新的谋划。

六

当年严育斌40岁，刚刚步入不惑之年。习惯了拼搏奋进的他，不想继续过四平八稳的生活，决心要开辟一条新的人生路。这是同事和亲友们谁也没有想到的事。

他要腾空家底来办一所医院。

大家都认为他放着幸福安稳的日子不过，折腾啥呢？

然而，燕雀焉知鸿鹄之志。

"我之所以办医院，不是想赚钱，而是想实现更大的人生价值。虽然我是一个残疾人，但是我还想在服务社会中发挥更大作用，尽可能地多做一些普惠众生、积德行善的事情。"严育斌说。

不满足现状，才会产生拼搏前行的动力。

背负着别人的种种非议和冷嘲热讽，他毅然决然地辞掉了"铁饭碗"，冒着巨大的风险，踏上了创业之路。

1998年6月，在政府相关部门的支持和朋友们的帮助下，他顺利建起了16000平方米的医院。经过多次讨论，最后定名为西安济仁医院。

何谓"济仁"？就是"济世怀仁""济世仁爱"。这是他的学医初衷，也是他的办院初衷，亦是他的人生追求。

怀着仁爱的大我情怀和悬壶济世的信仰，严育斌在创业初期，从来没有惧怕前行路上的艰难险阻，并且以惊人的毅力和高尚的人格魅力，解决了一个又一个困难。

医院大楼顺利建起来了。

但是他知道，盖楼容易，办好医院并不容易。

多年的行医经验告诉他，一个好医生可以救活一个科室，一个特色专科可以拯救一所医院。医院发展要在竞争激烈的医疗市场中立于不败之地，必须要有高超的医疗技术水平。因此，建设特色优势专科、提高优质护理服务是西安济仁医院的目标。

这一切都需要依靠人才，而人才又从哪里来？如何让更多的医疗护理人才加入这个刚刚成立的医院，成了医院营业和长期发展要重点解决好的问题。

严育斌参加2012年陕西省劳动模范表彰大会
（一排左一）

如今的副院长、工会主席刘陕旗，就是当时加入严育斌团队一起创办医院的元老之一，他毕业于西安交通大学医学院，原来在咸阳一家大型国有医院上班。

刘陕旗至今清楚记得，2001年7月10日，医院对外试营业时，一共4个人，其中包括严育斌夫妇以及一个影像科的同志。

"当时，严院长坐着面包车三次上门邀请我，开始几次我都没有答应。毕竟我也是一个残疾人，要我放弃公职去一个私营医院工作，而且承诺的待遇和未来的前途等各方面都具有很大风险，同时家人都强烈反对。最后还是他的信心、决心和人格魅力打动了我。"如今，已经整整20年，刘陕旗亲眼见证了医院的发展壮大。

那时候，只要听到哪里能招来人才，严育斌不管远近都要上门拜访，拿出百分之百的真诚。他说："刘备三顾茅庐请诸葛亮，而我却远不止如此。当初，只要觉得这个医生的人品好、医术好，我愿意十次、二十次地去上门邀请。那段时间，为了网罗人才，光车费就花了十五六万元。"

为了招纳人才，严育斌不怕山高路远，东到潼关，西到宝鸡，南到汉中，北到靖边，挂着拐棍，一次又一次登门，一遍又一遍访贤，拐棍一次又一次把腋下磨出了鲜血，身体瘦了一圈又一圈。

精诚所至，金石为开。许多人被他的真诚感动，先后走进医院，凝聚在他的身边，一起创业。

后来，人才越来越多。

于是，严育斌亲自做起了"后勤部长"，在工作和生活上给予医护人员足够的关心，消除了大家的后顾之忧：为各类学科带头人提供住房，给全体员工20%的房补、提供住宿及免费的早、午两顿工作餐，协调他们的子女就近上学，协助解决户口迁移等问题。

在业务方面，他定期对医务人员进行"三基三严"的业务培训，分批次将医务人员送往西京医院、西安交通大学第一附属医院及国内有影响的三甲医院乃至国外学习深造；另一方面，将专家教授请到医院坐诊、讲课，打造了一支技术过硬、服务优良的医护队伍。

人才队伍建设的迅速跟进，特别是来自全国各地十几位专家级医生的相继加盟，让西安济仁医院的医术水平、医疗服务迅速得到了社会认可。

2014年11月16日，西安济仁医院和西安交通大学第一附属医院组建医联体，协作办院，挂牌"西安交通大学第二临床医学院附属济仁医院"，这是全省首家民营医院牵手公立医院。

从这时起，西安交通大学第一附属医院在管理、技术、学术、科研、科室建设等方面全方位支持济仁医院，每周二、四、六安排心血管内科、神经内科、消化内科、内分泌科、儿科、妇产科等3—5名专家教授来院坐诊，参与住院部的查房、会诊、疑难危重病人诊治、重大疑难手术的开展、学术讲座等专业的诊疗服务。

在竞争日益激烈的医疗市场上，西安济仁医院秉持社会效益第一，实现了健康可持续发展。近年来又投资3亿元建设了一座面积2.3万平方米的现代化住院大楼，使医院的建筑面积达到了5万平方米，床位达到1000余张，形成了集医疗、急救、康复、科研、教学、预防保健为一体的二级甲等综合性医院。

至此，严育斌似乎可以歇一歇了。

七

2009年5月，他被评选为全国自强模范，在北京参加表彰大会时，受到胡锦涛等党和国家领导人接见。

这种荣誉对他来说既是动力也是压力，因为要继续做得更好。

刘陕旗坦言："严院长不仅自立自强，而且他那仁爱的情怀始终如一，并贯彻办院全过程，当时他的事迹材料是我写的，一共19页，我是流着眼泪写完的。"

接着，他举了一个事例。这是2003年8月的一天夜晚，医院妇产科刚成立后的第四例手术，一个农村妇女在生产过程中出血过多，生命危在旦夕，必须进行子宫切除手术，而手术需要输血，但是家属只带了300元钱，怎么办？严育斌得知情况后，果断地说："先不管那么多，抢救生命要紧。"当时所需的血液需要拿着现金去血站购买，他从自己的口袋里掏出了1500元递到家属手中，让家属赶紧去购买血液。

在手术过程中，医生发现患者出现了其他紧急情况，需要继续输血。此时，患者家属拿不出一分钱。

当时凌晨一点左右，夜深人静，严育斌清脆的声响起："大家捐钱！"他率先把身上所有的钱掏得一分不剩，然后组织医护人员凑够了买血的2000元钱，为患者解了燃眉之急。

这名妇女和孩子双双转危为安。严育斌的善行再次感染了大家。

医圣孙思邈《大医精诚》有言："凡大医治病……不得问其贵贱贫富，长幼妍媸，怨亲善友，华夷愚智，普同一等，皆如至亲之想。亦不得瞻前顾后自虑吉凶，护惜生命。"严育斌用行动在践行。对此，他说："做不到把病人当上帝对待，起码要做到把病人当亲人，更不能以病人钱财多少开处方。"

亲人！亲人！没有错，就是一定要把患者当亲人对待。严育斌用他的行为不断影响着全院医护人员。

在此讲一个事例。有一天，一位脑血栓患者到医院做CT复查，可是他仅仅带了250元，按照医院收费标准260元，还差10元。严育斌得知后，当即表示"只收240元"。

为什么呢？

他说："少收20元，医院不会损失什么，却解决了患者的困难。可是按照标准收费要求，这个病人做不成检查，就是白跑一趟。其次，病人住在乡下，要是不给身上留10元钱，难道要让人走回去不成！"

什么叫体恤他人？这就是。

笔者在采访中获知，为了服务更多的患者，西安济仁医院在经营发展中，实行最低医疗消费，积极参与扶贫帮困、新农村建设等社会公益事业。

严育斌扶贫捐款献爱心

2003年"非典"时期，西安济仁医院先后捐出价值5000余元的消毒用品。

2006年，出资为残疾人朋友购买了一批轮椅。

2007年，为150余名白内障患者减免手术费11万余元。

2008年、2009年分别为300例白内障患者减免手术费13万余元。

2009年，为地震灾区、慈善机构、洪灾地区捐款8万余元。

新农村建设开始后，分别为鄠邑区五竹乡郭家寨村、蒋村镇曹村资助3万元和18万元。

不仅如此，医院先后安排10余名残疾人到合适的岗位就业；在省市县三级残联的大力支持和协助下，医院建立了鄠邑区残疾人康复中心，设施、场地、人员配备等方面达到一定标准，2014年7月被陕西省残联、西安市残联分别确定为"陕西省残疾人康复基地"和"西安市残疾人康复中心鄠邑区分中心"，先后接待西安市、延安市、西宁市等多家单位前来参观学习交流。

在日常工作中，医院积极承担了全区残疾人鉴定任务，定期或不定期组织医务人员开展白内障疾病普查，为贫困白内障患者免费做复明手术720余例，共减免手术费24万余元；组织开展肢体残疾儿童筛查5次，筛查肢体、言语、智力残疾儿童400余人；为肢体残疾者免费提供康复训练120余人次。

此后，医院惠民的力度越来越大。自2011年起，率先在民营医院中实施药品零加成，先后让利患者2000余万元。

2016年以来，医院积极响应中国残疾人联合会、中国肢残人协会号召，先后承担"孙楠•重塑未来"宁夏、陕北等地市300余名贫困残疾儿童肢体矫正手术项目。

2017年医院还参与社会扶贫活动，先后帮扶5家贫困户，资助资金6万元用于危房改造、房屋修缮，每年提供5000元助学金帮扶贫困户子女上学；先后投入帮扶资金30余万元参与精准扶贫，为贫困户免费体检、改造危房、购置家具等。

2018年5月，又自筹资金100余万元，为涝店街道办鲁家寨村建立了一所标准化幸福院，为176名留守老人解决实际生活困难。

2019年3月，医院提供帮扶资金2万元，用于帮扶纸坊村人居环境整治。另外，还向鄠邑区贫困户家庭殷某某同学每年资助教育资金3.2万元，直至这位同学大学毕业。

2020年庚子春节，新型冠状病毒感染疫情突然暴发，严育斌及他的团队主动担当，放弃春节假期，加班加点，及时抽调相关专业技术人员成立医疗救治小组，全员全力以赴投入全区抗击疫情的奋战中。

在疫情防控的关键时刻，全院500多名医护人员积极向医院递交请战书，主动请缨，医院先后选派10名医疗骨干组成援鄂医疗队，分两批出征武汉。此外，医院还向涝店街道办及社区捐赠价值2万元的消毒液、口罩、生活用品等防疫物资。

2021年底，西安疫情防控管理升级后，济仁医院迅速响应号召，服从鄠邑区疫情防控指挥部命令和指挥，在全院立即打响了一场助力全区全市疫情防控的攻坚战。

在这一场战疫中，医院全体医护人员没有讲条件、讲困难、讲付出，其中涌现了太多可歌可赞的人，他们用坚毅无畏的勇敢精神、科学的医护工作筑起了一道防护墙，守护了一方群众的健康平安。

在服务社会中，严育斌可谓是"捧出一颗心来，不带半棵草去"。他说："我们所做的一切都是应该的，在疫情防控的关键时候，医护人员冲锋在最前沿义不容辞！"

八

在医院的多个地方，笔者见到了严育斌和医院获得的诸多荣誉证书和奖牌，特别是那几面荣誉墙闪耀着金灿灿的光芒，无不令人敬佩和受到鼓舞。

在此，罗列严育斌个人部分荣誉：

2005年，他荣获"西安市自强模范"；

2007年，他荣获首届"全国肢残人自强创业奖"；

2008年，他被推选为残奥会火炬手，同年被评为"感动户县人物"；

2009年，他被评为"全国自强模范"；

2010年，他被评为"户县有突出贡献专家"；

2011年，他被评为"西安市自强创业先进个人"；

2012年，他被评为"陕西省劳动模范"；

2013年5月被评为"户县第二届优秀院长";

2018年12月被授予"鄠邑区有突出贡献民营企业家";

2021年,被选为"十四运"和残特奥会火炬手。

荣誉虽然不能说明一切,但一一都可鉴他的初心、良心和爱心。

严育斌告诉笔者,那一年,他被选为奥运会火炬手,在45米长的接力路程中,当工作人员关照他坐轮椅传递时,他毫不犹豫地选择了步行。虽然每一步都走得十分艰难,但浑身充满了力量。

在薪火相传中,谁又能说他手中传递的不是一种人类的大爱呢?

孙思邈在医道中说:"夫大医之体,欲得澄神内视,望之俨然。宽裕汪汪,不皎不昧……不得于性命之上,率而自逞俊快,邀射名誉,甚不仁也。"

对此,严育斌和西安济仁医院都做到了。

如今,他依旧坚持坐诊,热情为前来就诊的患者看病,不问贫富贵贱,一视同仁、平等相待。刘陕旗说:"在我的印象中,他从不计较个人得失,脚上永远

严育斌在2008年残奥会火炬传递现场

都是那一双10元钱的布鞋,从不考虑个人享受。"

在医院老同志的眼里,20多年来,严育斌没有沽名钓誉,追求虚荣,而是为了奉献社会,始终坚持践行着一名大医者的德行操守。

"济世仁爱"似乎早已成为一座闪耀着思想和智慧光芒的灯塔,照亮着西安济仁医院远行的路。

站在未来看当下，严育斌和他的团队在致力追求"百年济仁"发展目标中，每一个步伐都迈得铿锵有力、扎实可靠，一路稳定向前。

后记

生命是用来奋斗的

参加工作的三十年来,我有缘接触了社会各界形形色色的人。其中有很少一部分人或富贵或贫穷,经常能够听到他们抱怨命运、抱怨社会,似乎他们人生的一切不如意皆是因为上天偏爱了别人而亏待了他们。

这部分人分为三种类型:一是对自己拥有的权力、名利、财富始终不满足;二是缺乏干事创业的信心、决心和魄力,不敢闯、不敢干,抱着当一天和尚撞一天钟的心态混日子;三是不相信命运由自己做主,而是相信富贵在天,期盼"撞大运""天上掉馅饼"。

这些人使我想起了那些残障者。

最近三年,我在陕南山区驻村,参与了一场完整的脱贫攻坚战。在实际工作和调研中发现,残障人士是脱贫攻坚最艰难的群体,这也是帮扶干部们的共识。

我有一个体会:当一回扶贫干部至少会提升自身的幸福感和知足感。这让我想到那些经常抱怨命运和生活的人:他们抱怨自己不受上苍眷顾,起点低、环境差、权力小、工资少;抱怨自己出身不好,家庭条件差,运气不行;抱怨怀才不遇,没有遇到贵人帮扶,能力没有得到赏识与肯定;抱怨大学毕业找不到好工作,岗位竞争激烈,待遇差……你可曾想过这些残障人士,他们有的眼睛看不见,有的双腿不能行走,有的没有双臂,有的虽有双臂双手却丧失了功能……他们在读书学习、求职谋生、干事创业的道路上，经受了一般人难以想象的艰辛困苦。

然而，这些残障人士内心都很坚强。他们面对身体的残疾，没有自暴自弃，更没有随波逐流，而是怀抱着理想，不断探索，坚持努力奋斗，不断用事实证明：幸福都是奋斗出来的。

与他们交往，我受到更大的鼓舞。

如果说有人帮扶是一件幸事，那么对于农村的建档立卡户来说，他们就是无比幸运的。从中央到地方，不仅出台了各项惠民政策和精准扶贫措施，还为他们安排了结对帮扶干部。

然而，对于绝大多数人来说，没有他人帮扶是人生的常态。如果说人人有贵人，那么这个贵人就是自己，或者说，自己就是自己的救世主。宝剑锋从磨砺出，梅花香自苦寒来。所有的美好理想，都不可能唾手可得。改变不如意的生活现状的最好的办法就是"奋斗"。克服懦弱、怕事、偏见、愚钝等缺点的良药也是"奋斗"。如果要想有一番作为，要想出人头地，要想光宗耀祖，要想获得幸福，答案也是唯一的两个字——奋斗。

奋斗要走在正道上。否则，将会南辕北辙。也就是说在人生的征程上，努力成长、进步，修筑一条属于自己的光明之路，点亮自己的生命之灯，散发自己的光辉，尽力做有益于社会和他人的事，而不能因为自己的奋斗，去拆别人的桥、毁别人的路、吹灭别人的灯，更不能有损于国家和社会。

话题回到当时的驻村帮扶工作，如何扶志扶智，鼓舞干部群众树立战胜一切困难的勇气和信心、保持积极持久的奋斗姿态，成了我当时思考的一个问题。

在这种背景下，我就想写一部促人奋进的励志书。但是写哪类人物的故事最为励志呢？

经过思考和筛选，我最终把采写对象确定为自强模范群体。因为这个群体干事创业所面对的主客观条件比健全人更加艰难，在克服困难中又要付出比健全人多很多倍的努力，他们的成功和收获都来之不易。所以，他们的拼搏奋斗故事更有可读性、更有启发性。

幸运的是，这个想法正好得到西安市委宣传部的大力支持，然后在西安市残疾人联合会的积极推荐和全面配合下，我成功采写了书中的这 10 位人物。

这些主人公都是坚强不屈的奋斗者。他们的故事带给我最深的启发是：作为健全人，我们没有理由不奋斗。

他们的故事证明：艰难困苦、玉汝于成。

他们的故事证明：事业只有干出来的精彩，没有等出来的辉煌。

他们在艰苦奋斗中净化了灵魂、磨砺了意志。在他们的身上我们可以明显感受到，奋斗者是精神最为富足的人，奋斗者身上永远充满着光芒和力量。

他们的事迹让我深感"生命是用来奋斗的，而不是用来挥霍和抱怨的"。这也是我写作这部书的初衷。

杨志勇
2021 年 10 月 29 日